K.B060689

미치고 | 흐느끼고 | 견디고

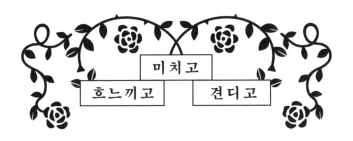

미치고

흐느끼고 견디고

신 달 자

묵 상 집

문학사상

80은 거짓말처럼 왔습니다. 어떻게 왔을까요. 향기
자욱한 꽃길을 거쳐 푸른 숲과 뜨거운 태양의 찬란한
길을 희망의 구두를 신고 지나왔지요. 통증과 신음과
굴욕과 쓰라림을 곱게 다져 넣은 빵을 먹으며 온몸을
끌고 왔습니다.

결코 혼자가 아니었음을 압니다. 더불어 행복했습니다.
그래서 감사합니다. "감사합니다." 이 단 한 마디를
80 인생의 한 송이 꽃으로, 마음만은 싱싱한 향기로
저와 함께해온 모든 분들에게 허리 굽혀 선물하려
합니다. 가는 길에 조금 시들어도, 마음에 맞지 않는
꽃이더라도, 허술해도 예쁘게 받아주시기 바랍니다.
무릎 꿇고 마음을 다해 바칩니다. 감사합니다.

차례

3장   인생이 무엇이냐고 물었다

| 1장 | | 80세 | 바구니에 | 담는 | 열매 |

내 인생 반성문의 문을 열다

팔순의 아침에 흰 백지가 내 앞에 펼쳐집니다.
당황일까요? 감동일까요? 나는 흰 백지 앞에서,
아무것도 없는 그러나 팔십 년의 진 계곡까지 두루
새겨진 그 백지 앞에서 아! 짧은 미혹의 소리를 냅니다.
많이 살았을까요? 아직은 아쉬움일까요? 나는 공손히
그 백지 앞에 무릎을 꿇습니다. 팽팽한 침묵이 흐르고
나는 과감하게 평생을 갈고 간 만년필로 그 침묵을
찢습니다.
팔십 년을 한 마디로 축소하면 어떤 말을 할 수
있을까요.

"잘못하였습니다."

그렇습니다. 단연 1위의 말은 참담한 후회의 고백이며
반성의 축대라고 할 수 있는 이 한 마디일 것입니다. 이
한 마디는 아마도 이 책 한 권을 채울 수 있는 축약된

지도일 것입니다. 팔십 년을 단 한 마디로 요약할 수 있는 말이 있다면 이 말을 빼놓을 수 없을 것입니다. "잘못하였습니다"에는 '미안합니다', '죄송합니다'라는 말도 섞여 있으니까요.

모든 사람에게, 모든 자연에게 고개를 숙이고 허리를 굽히고… 아니, 온몸을 낮게 낮게 땅에 엎드리며 할 수 있는 한 마디… 잘못하였습니다. 지금까지 살아오면서 말 잘한다는 말을 몇 번 듣기도 했지만 이런 말… 진정으로 해야 하는 말에는 인색했습니다. 잘못하였습니다.

"감사합니다."

"감사합니다"라는 말도 반드시 해야 합니다. 부족하고 모자란 내가 살아오면서 모든 사람에게, 모든 자연에게 감사했습니다. 온몸을 구부려 감사 인사를 올립니다. "감사합니다"에는 '사랑합니다', '고맙습니다'라는 말도 섞여 있으니까요.

이 두 마디를 내 팔십 년에 묶어 반성문이라는 고백의 말로 이 책을 꾸며볼까 합니다.

팔십 년은 너무 빨리 내게로 온 것은 아닙니다. 천천히 온 것도 아닙니다. 놀라워하지도 않습니다. 다만 공손히

받아들입니다. 생각해보면 슬픔도, 외로움도 귀한
감정들입니다. 나를 스쳐 지나간 시리고 저린 생의
이야기도 소중하기만 합니다.

돌아보면 나는 뜨겁고 넘치고 과해서 운명으로부터
귀싸대기를 얻어맞으며 살았지만 열정은 잃어버린
적이 없었습니다.

그 열정이 저지른 과오에 대해서도 잘 압니다. 뭐든 잘
해보겠노라고 덤빈 행태들이 부끄럽습니다. 뭐든 잘
해보겠다고 덤비는 과정에서 상대방을 얼마나 힘들게
했는지 지금 뉘우칩니다. 잘못하였습니다.

돌아보면 나는 미치고 흐느끼고, 그리고 모든 것을
견디며 살아왔습니다. 나는 늘 끈적끈적하게, 축축하게
살아왔습니다. 너무 건조하다 싶으면 제 몸을 박박
긁어서라도 피를 내고 땀을 내어 끈적끈적, 축축이
살아왔다고 할 수 있습니다.

거기에 눈물이 더불어 친구가 되어주곤 했습니다. 땀과
피와 눈물이 내 친구로 나를 지켜왔습니다. 그렇지
않고서는 저 산비탈에 버려진 나무토막같이 삭아가고
있었겠지요.

죽음은 고요하지만 삶은 시끄럽고 죽음에는 아침이
오지 않지만 삶에는 아침이 있습니다. 아침은 움직이고
들고 나고 부딪히며 존재합니다. 시간은 움직이므로

그 시간 속에 사는 인간은 움직이며 살아갑니다. 그
움직임에는 사랑도 있지만 미움도, 울화도, 갈등도
함께 움직입니다. 희망도 움직이고 좌절이나 절망도
움직입니다. 그 움직이는 활동성을 우리는 삶이라고
부릅니다. 권력, 돈, 명예도 이 안에서 소리를 내고 있는
게 아니겠어요.

그러므로 나는 슬펐다거나 울었다거나 통곡했다거나
뼈가 시린 상처를 입었다거나 하는 것은 모두 살아 있는
자의 생활 그 자체라고 말하고 싶습니다. 월요일만
살고 싶다거나 오전만 살아 있고 싶다거나 그런 것은
허용되지 않는 것이 삶이었습니다. 모든 시간을
살아내야 했듯 슬픔도 더위도 추위도 폭풍도 아픔도
상처도 가슴을 도려내는 일도 다 받아들이는 것이
삶이었다고 말할 수 있습니다. 도무지 피할 수 없는 것,
그것이 삶이었습니다.

삶은 딱 한 자인데 이것처럼 무겁고 복잡한 것이
없습니다. 이 한 자를 마음대로 들고 놓을 수 있는
사람은 없지요. 딱 한 자이지만 조심스럽고 도무지
함부로 할 수 없는 경건한 말입니다. 세상을 내
마음대로 살 수는 없었지요. 가령 나는 부자로 삼 년만
살고 싶어, 그래서 저녁 나들이는 헬기를 타고 노을을
가까이 가서 바라보고 그곳에서 맛있는 커피 한 잔이나

가문비나무의 울림 같은 깊은 맛의 와인 한 잔을 마시고
돌아온다거나… 결혼은 딱 삼 년만 살고 없는 것처럼
한다거나… 근심 걱정 같은 건 아주 낯선 것이 되는
그런 삶. 그래요, 늙는 것을 받아들여야지요. 늙는
것은 깊은 맛은 아니지만 준비 기간이 될 테니까요.
있잖아요, 이별의 준비 기간….
다 부질없는 일이긴 하지만 그래도 울화가 치미는
것이 있긴 합니다. 왜 내 삶인데 내가 가고 싶은 대로
가지 못하는 것인지, 그것이 가장 이해할 수 없는
일이었습니다. 누군가가 '운명'이라는 손놀림이, 혹은
운명의 내비게이션이라는 것이 존재한다고 했습니다.
사람마다 요리조리 화살 방향으로 뻗는 보이지 않는
손이 있다는 것입니다. 아, 운명! 그게 그렇게 힘이 센
것인 줄, 살면서 알았습니다. 나는 유도나 씨름이나
복싱을 배워서 그 운명이라는 것을 냅다 쓰러트리고
싶은 생각을 수천수만 번 했습니다.

그리고 기도를 알았습니다.

기도는 정신의 일광욕이었습니다. 축축하고
끈적끈적한 그늘에서 온몸과 정신을 오그리고
살았던 시절들이, 가무잡잡한 껍질들이, 허옇게

핀 곰팡이 꽃들이 사라지기 시작했습니다. 기도의
햇살은 포근했고 바람은 내 몸과 정신의 우울을 살살
날려버렸습니다. 광풍에서 안정으로 건너뛰었다고나
할까요.

나는 만났지요. 내 인생이 가장 처절하고 차고 남루할
때… 그래요, 나는 기도를 만났습니다. 사랑과 희망을
만나게 되었다는 이야기입니다.

아, 기도… 그 기도가 유도나 씨름이나 복싱보다 더
힘이 세다는 것을 알았기 때문이지요. 씨름이나 복싱은
아픈데 기도는 부드럽게 아픈 곳을 어루만져주는
손이더라고요. 내가 존재하는, 내가 살아가는, 내가
하는 일에서 단 하나의 움직이는 손은 하느님이라고
나는 생각했습니다. 내 존재의 의미는 그분만 알고
계시리라 믿으니까요. 너무나 황당하고 복잡하고
어려운 수학 같아서 남들에게 차분히 이야기가 안
되는 그 암담한 핵심을 말도 하지 않았는데, 그냥
무릎을 꿇었을 뿐인데, 그냥 눈물이 주룩주룩 흘렀을
뿐인데, 그냥 침묵했을 뿐인데 다 안다고 말씀하시는
분이었습니다.

그것이 햇살 아니겠어요. 오랜 그늘 덩어리의 정신에
다사로운 햇살이 내리는 그 모습을 상상해보세요.
안정과 행복이라는 단어가 자연스럽게 떠오릅니다.

16

"사랑합니다."

이 말도 반드시 해야 합니다.

많은 것을 사랑했습니다. 특히 사람을 사랑했습니다.
사랑하는 그 사람의 존재 때문에 사람 외에 다른 것을
사랑할 수 있었습니다. 사람을 사랑한다는 것은 뇌에
불을 켜는 일이고 불을 켜서 먼 곳까지 바라보는 힘을
얻는 일입니다. 가령 자연을… 나라를… 사람의 말을…
미술을… 음악을 사랑하게 된 것도 사람을 사랑한
덕분이었습니다.

사람이 있었기에 사람 뒤의 풍경을 바라볼 수
있었습니다. 하늘의 푸르름을, 구름의 변화를, 그
변화의 신비한 무늬들을, 나무를, 숲을, 바람을,
그리고 수천수만 가지의 꽃을 사랑하게 되었습니다.
그렇습니다. 사람이 있었기에 말입니다.

그 사랑의 촉매는 너무 놀라운 것이라 좁은 가슴으로
연결이 불가능할 정도일 것입니다. 그런 이유로 사람을
사랑하는 그 능력으로 하늘의 빛깔을 "푸르르다"라고
말할 수 있게 된 것입니다. 구름을 꽃이라 하고
나무들을 보면 인류를 지키는 파수꾼이라 생각하고
꽃을 보면 아름다움을 볼 줄 알며 향기가 왜 귀한
것인지를 알게 된 것입니다.

어머니가 그토록 고치라고 한 작은 결점을 어머니가
원하는 대로 고친 것은 어머니의 당부 때문은 아닙니다.
어머니의 말과 내가 사람을 사랑하는 힘의 결합으로
나의 결점도 작아진 것입니다. 참 어머니에게 미안한
일이기도 합니다. 그러나 어머니도 사랑의 힘으로
고쳐진 내 결점에 대해 고맙다고 하실 것입니다.
사막이 아름다운 것은 샘이 있기 때문이라고 내가
사랑하는 생텍쥐페리가 말했지만, 그것도 맞지만, 나는
어딘가 사람이 살고 있기 때문에 사막마저 아름다운
것이라고 생각합니다. 사막을 인간의 삶에서 떨어뜨려
놓아둔 것은 찾아서 반드시 보라고 그렇게 한 것이
아닌가 생각할 때가 있습니다. 인간이 찾아보아야 할
곳이 많습니다. 그래서 여행이라는 위대한 순례가 있는
것입니다.
자연을 사랑합니다. 자연은 너무나 아름다워서 매 순간
이마가 땅에 닿도록 절하고 싶은 심정입니다. 자연은
그대로 있지 않습니다. 자연은 태초의 모습에서 깊은
울림을 주는 노령의 모습까지 아침, 낮, 저녁, 밤, 새벽을
모두 다르게 우리에게 보여줍니다.
자연은 새로 태어나는 것을 보여주므로 우리의
상상력은 건강해질 수 있습니다. 봄, 여름, 가을, 겨울은
거룩한 상징입니다. 아, 세상에 이 아름다운 계절

앞에서 인간은 생각하고 실행해야 할 일들이 너무
많습니다. 어떻게 사랑하지 않을 수 있을까요. 바다와
산은 또 얼마나 거대한가요. 일생을 두고 바라보아도 다
못 풀 아름다움이자 훈계이기도 할 것입니다.

하루의 시간을 보세요. 기막힌 철학이 숨어 있습니다.
이른 새벽의 푸른빛 어둠을 보세요. 만져보세요. 손에
푸른빛이 묻어날 것 같은 청명한 어둠이 어렴풋이
풀어져 저 동녘에서 붉새의 붉은 물빛을 가져옵니다.
절로 기도가 이루어집니다. 동녘이 밝아오고 하늘은
아름다움이란 말, 놀라움이란 말을 뛰어넘으며 하루를
감격으로 시작합니다.

새벽의 싱그러움에서 서서히 태양은 머리 위로
떠오르며 대낮의 희망을, 노동의 땀을 우리 몸에
흘려보냅니다. '활동'이라는 에너지가 사방에
흘러내리게 합니다. 그리고 저녁이 됩니다. 고요히 두
손을 모으고 싶은 가족이 하나둘 모이는 시간… 서쪽
하늘은 해가 기울며 난장으로 붉어지고 우리에게 좋은
밤을 보내라고 합창합니다.

다시 푸른빛 어둠이 밀려오고 딱 기도하면 좋을
시간입니다. 조금씩 밤이 깊어지고 내일을 위한 오늘에
감사하는 성찰의 시간이 누구에게나 옵니다. 오늘
부족했던 점이 아쉽기는 하지만 우리에겐 '내일'의

선물이 있으므로 내일을 채울 마음 다짐을 하는 일도
아름다움입니다. 분명 선물입니다. 이 하루는 살아
있는 모든 사람에게 골고루 주어집니다. 이것은 확실히
은총입니다.

나는 이 말을 좋아합니다.
'Here and Now.'
우리는 언제나 '바로 여기, 바로 지금'에 살고 있습니다.
그런데 '바로 지금'의 이 짧은 시간들이 사실은
영원입니다. 그리고 인공지능과 빅데이터 전문가이자
명상가인 킴킴에 의하면 '바로 여기'는 무한입니다.
그렇습니다. 시간적 영원과 공간적 무한, 그 둘을 품은
게 '지금 여기'라고 생각합니다.
나는 이 말에 적극 공감합니다. 지금을 사랑하고 믿기
때문입니다. 지금이라는 시간 때문에 가족을 볼 수
있고 친구들과 웃을 수 있는 게 아닌지요. 나는 이 말을
온몸으로 사랑합니다. 감사합니다.

내 가   지 금   부 를   수   있 는   이 름

"너는 가장 힘들 때 누구를 부르느냐?"
"….."

누가 물었습니다. 나는 금방 대답을 하지 못했습니다.
마음으로, 아니 온몸으로 호흡처럼 부르는 이름이
있는데도 말입니다. 나의 의식은 순간순간 절벽인
경우가 많아 나는 배고픈 아이처럼 그 이름을
불렀습니다.

"주님."
"성모님."

너무 익숙하고 너무 많이 불러서 흘러넘치고 있어도
입 안에 가득 고여 있는 이름입니다. 문제는 그럼에도
불구하고 말씀대로 살지 못하는 것입니다. 주님의
뜻대로가 아니라 내 뜻대로 살고 있다는 생각 때문에

나는 늘 묵주기도를 합니다.

묵주기도를 건성으로 입으로만 우물거린다 해도 내가
성모님을 부르고 있다는 그 하나 때문에 위로가 됩니다.
함께라는 위로가 됩니다. 그냥 그 정도가 내 신앙
수준이라고 할 수 있을지 모릅니다. 내 인생에서 가장
잘한 일은 가톨릭 입교이며 하느님을 의지하기 시작한
일입니다.

그렇다고 안정된 확신을 가지고 있는 것은 아닙니다. 늘
비틀거리는 영혼입니다.

어떠신가요? 진심으로 하늘나라의 약속을 믿으시나요?
영생을 믿으시나요?

육신은 사라져도 영혼은 하늘나라에서 전혀 고통 없이
천사로 살아가는 일을 믿는지요? 그럴 것이다…라고
생각합니다.

'그럴 것이다'는 완전한 믿음의 세계는 아닙니다.
어쩌면 나는 사후세계의 영생에 대해 완전한 믿음을
가지고 있지 않은지도 모릅니다. 그래서일까요? 나는
누군가 사주팔자에 대해 이야기하면 솔깃해합니다.
관상이니 족상이니 하는 말에 귀를 기울이기도 합니다.
성당의 고귀한 자리에서 신자들 앞에서 강의한 것도
몇백 번일 텐데 내가 하는 꼴이 마음에 들지 않습니다.
그럴 땐 거울에 비치는 내 얼굴이 너무 밉습니다.

나는 주님의 부활을 믿으며 모든 계명을 믿습니다.
천국을 믿습니다. 그러나 나는 그 장면 때문에, 천사의
나라 때문에 오늘을 살아가지는 않습니다. 그것은
결과물이지 않을까요. 오늘 내가 바르게 사는지, 바로
앞의 사람에게 친절했는지, 내가 베풀었는지, 웃음을
주었는지, 사랑의 자세였는지, 주님을 섬긴 사람의
자세였는지만 따지고 그렇게 하려고 노력합니다.
가장 어려운 시기에 "주님!" 하고 부를 수 있는 것은
너무나 행복한 생활이 될 것입니다. 그냥 부르기만
합니다. 다만 절실하게, 절박하게… 과장은 말고
자제하면서…. 그래도 복장이 터지면 샌드백을
두드리듯 엉엉 울면 될 테지요.
거룩한 대상이 나에게 존재한다는 그 자체가
든든합니다.
보통은 "엄마!" 하고 부르지 않나요. 충격이나 예상치
못한 사건에 휘몰렸을 때 "엄마!" 하고 외치는 것은
거의 절규라고 할 만합니다.
요즘에는 사람 간의 소통에서 불통이라는 사나운 말로
거리 두기를 하고 있습니다. 코로나가 아니더라도
가족 간의 거리 두기, 친구 간의 거리 두기, 동료 간의
거리 두기가 일상화되고 있지요. 사실 이것은 불행한
일입니다.

23

내가 외로울 때, 답답한 일이 일어났을 때 누구에게
마음을 열어놓고 싶지 않나요?

다시, 잘못하였습니다.

팔순이라는 나이를 짊어지고 딱 이 사람이라고 불러야
할 이름 하나를 만들지 못했습니다. 내 마음을 완전히
꺼내 그 앞에 내놓을 사람이 단 한 명도 떠오르지 않는
것입니다.
자식들은 어깨만 무겁게 할 것 같고 누구는 어렵고
누구는 내게 절망할 것 같고 누구는 웃을 것 같고
누구는 답이 없을 것 같고, 그래서 어느 날 강의를 할
때 여성 참석자들에게 누구에게 마음을 여냐고 물은
적이 있습니다. 모두들 우물쭈물했지만 두어 명이 이런
대답을 했습니다.
"저는 성모님입니다."
"저는 우리 집 강아지입니다."
모두들 웃었지만 공감하는 분위기였습니다.
위험하지가 않은 대상이지요. 그러나 나는 지금도
나이가 이렇게 들었지만 그 대상이 사람이면
좋겠습니다. 물론 하루 수백 번 성모님을 부르지만
성모님 말고 서로 마음을 열고 위하고 사랑하면서 살

수 있는 사람 말입니다. 그 대상이 남자이건 여자이건
말입니다.

나는 사람이 가장 어렵습니다. 하긴 개도 고양이도
키우지 못합니다만 확실한 건 사람에게도 나는 능력이
부족한 듯합니다.

2000년 남편이 가고 3년 정도 남자라면 그 옆에도 가기
싫었습니다. 그 사람은 나를 힘들게 했고 그의 옆자리가
지옥 같았습니다. 3년이 지나면서 외로웠을까요. 나는
기도하기 시작했습니다.

"주님, 서로 마음이 통하는 남자 하나만 저에게
주십시오." 그렇게 기도했지만 오랫동안 소식이
없었습니다. 그래, 그렇다면 대상을 여자로 바꾸자.
"주님, 남자는 너무 어려워요. 마음이 통하는 생의
영원한 벗이 될 여자 친구를 만나게 해주세요." 그렇게
기도했습니다. 서로 생각이 비슷하고 바라보는 곳이
같으며 그 어떤 생의 고민도 고백하고 나눌 수 있는
친구. 내 잘못도 웃어넘기는 친구…. 사실 그것도 너무
이기적이고 어려운 일이었습니다. 세상에 그런 친구가
어디 있겠어요.

그래서 다시 기도를 바꾸었습니다.

"주님, 저 혼자라도 건강하게 기도 많이 하고 즐겁고

보람 있게 살게 해주세요."

내가 나를 봐도 웃기는 일이지만 어떤 절대적 대상은
없는지도 모릅니다. 아닙니다. 내가 그런 존재가 못
되는 것이지요. 내 부족함이 크다는 것을 지금은 깨닫고
있습니다.
다가와야 겨우 아는 척하고 의심하고 상대의 결점을
지나치게 거북스럽게 받아들이고 그 결점을 앞세우고
스스로는 자신을 들여다보지 못하는… 하느님의
현존을 믿으면서도 그분이 저절로 오기만 기다리고
스스로의 노력은 없는… 나는 그런 인간이니까요.
나는 오늘도 다만 부릅니다. 주님, 주님, 저 여기
있습니다.

내 마음 내가 안아주기

마음은 문일까요. 흔히 '마음을 연다', '마음을
닫는다'라고 말합니다. 나는 내 마음의 문을 잘
이해하지 못해서 열고 닫는 시간을 잘 측정하지 못해 내
마음을 아프게 한 죄가 많습니다.

내 안으로 들어가본 적이 있나요? 내 안에는
마음이라는 집이 있다는데 그 집에 들러본 적이
있나요? 잠시 머문 적이 있나요?

흔히 마음은 음식이 아닌데 '먹는다'라고 말합니다. 왜
마음을 먹는다고 할까요.

제 힘으로 부족한 일을 시작할 때 큰맘 먹는다고
말합니다. 마음을 먹어야, 그것도 큰맘을 먹어야 겨우
할 수 있는 일이 사람에겐 있는 것이지요. 물만큼
공기만큼 우리가 많이 먹는 것이 마음 아닐까요.

누구에게 전화할 때도 큰맘 먹고, 누구에게 함께 시장에
가겠냐고 물을 때도 큰맘 먹고, 차나 한잔 하자고 할
때도 큰맘 먹고… 그럴 때 우리는 '마음을 떠본다'라고

말합니다. 마음은 너무나 다르고 너무나 다양합니다.
마음 아프다, 마음이 짓눌리다, 마음이 무겁다, 마음이
쓰라리다, 마음에 금이 가다, 마음이 시리고 아리고
저리다, 마음을 내려놓다, 마음병을 고치다… 마음에
관한 별별 말들을 우리는 사용하고 있습니다. 마음은
우리의 진실이고 우리의 실체이기 때문일 겁니다.
어학사전에는 "마음이란 감정이나 생각, 기억 따위가
깃들이거나 생겨나는 곳"이라고 되어 있습니다. 아마도
두뇌적인 것이 아니라 감정적인 것으로 풀이하나
봅니다. 마음에 든다, 안 든다, 마음을 잃어버렸다,
마음이 찌그러졌다 등등 마음 표현은 끝이 없는데,
그만큼 우리가 마음을 다치며 마음을 찾아 살고 있는
것이 아닐까요.
마음이 우리 편, 내 편이라서 그런 건 아닐까요?
마음이야말로 온전히 내 것이 될 수 있는 거니까 마음에
매달리는 게 아닐까요.

나는 지금 어느새 팔순이 되었습니다. 오늘은 내 마음의
집이라는 곳에 며칠 머물고 싶습니다. 도대체 내 마음의
집이 어떻게 생겨 먹었는지 나도 궁금합니다. 그래도
남의 마음보다 내 마음의 집에 머무는 것이 좀 더
편하지 않을까요. 가장 편한 마음속 집에서 내 일생을

바라보고 싶습니다. 노동인지, 휴식인지 모를 그 시간
속에서 묵상이란 이름으로 나를 만나고 싶습니다.
저기 저기쯤에 내 생의 마지막이 있을 수 있다는데,
거기 도착하기 전에 나는 내 가장 깊은 집에서 거짓말
없이 연기 없이 화장도 지우고 가지런히 나를 놓고
맑게 밝게 만나고 싶습니다. 이 짧은 글들은 세상을
관조하고 사람을 즐기고 느긋하게 남은 생을 살겠다는
다짐이기도 합니다.

쓰기 위해서는 자신에 대한 지속적인 관찰이 필요한데
내가 나를 바라보는 것은 참 아픈 일입니다. 고백하건대
나는 나를 싫어합니다. 우선 나는 내가 나오는 TV
프로를 도저히 바라볼 수 없습니다. 내 사진도 오래
바라볼 수 없어요. 나는 내가 너무 싫어요. 산다는
것은 자신을 바라보는 일인데, 자신을 보면서 남을
보는 것인데, 그 균형이 잘 이루어져야 하는데, 자기
실물에 대해 경기를 일으키는 이 모습은 무엇인지 잘
모르겠습니다. 열등감입니다. 무한정으로 자기를 믿지
못하는 열등감… 내겐 이런 큰 병이 있습니다.

가끔 술을 먹고 우는 경우가 있는데 그것은 그나마
자기보호가 있다는 것 아닐까요. 인간관계의 불화가
나를 지치게 하며 자신 없게도 만듭니다.

심리학자들이 자주 사용하는 부정 편향성에 강하게

지배받고 있는 것인데요. 더 이상한 것은 남이
부정적으로 이야기하는 데는 울컥 분노를 갖습니다.
이거 정상인가요?

그러나 나는 나를 안아줍니다. 내가 나를 포옹하는 일은
나를 잘 돌아가게 하는 일입니다. 막히는 일에 절망하지
않고 안 된다고 금방 돌아서지 않고 마음 다쳤다고 모든
일을 절교하지 말고 더는 길이 없다는 판단이 나와도
길을 만들려는 마음을 되새기는 자세가 중요합니다.
그러면서 '내가 나를 안아주기'를 명심해야 한다고
생각합니다. 그것은 길 위에 널려 있는 돌과 잡동사니를
치우는 일이지요. 그 길이 꼭 가야만 하는 길이라면
말입니다. 이 세상에 내 생명의 길보다 더 소중한 것이
어디에 있을까요?

어머니가 시장을 다녀오시면서 한마디 던졌습니다.
"황씨 생선집 마누라가 죽었단다."
"왜?"
알아도 되고 몰라도 되지만 나는 물었습니다. 누가
죽었든 관심 없는 여고생 시절이었으니까요.
"속이 터져 죽었지."
"왜 속이 터져?"
"속이 썩다 보면 터지는 거야. 말도 안에서 썩는 거지

뭐….”

그때는 아무 생각도 없었지만 지금은 그 말이 무슨 말인지 다 압니다. 저도 속이 터져보고 속이 썩어보았기 때문입니다.

많은 사람들이 그렇게 살고 있는 게 아닐까요. 말을 억누르면서 속이 터지면서 그렇게 살고 있는 게 아닐까요. 나도 그렇게 살았습니다. 사실 나는 여리디여려서 홀로 우는 경우가 많습니다. 속으로는 엄청 떨고 겁을 먹으면서 겉으로는 강한 척하는 일이 이어졌습니다. 그것이 오래 ‘나’를 만들어갔고 ‘나’가 되어갔습니다.

나는 나를 이렇게 키워왔습니다. ‘지나치다’는 말은 내게 지나치지 않습니다. 나는 늘 과장된 생각 속에 살면서 나를 키워왔습니다.

‘굴곡이 심하다’는 말도 내게 지나치지 않습니다. 파도처럼, 산의 능선처럼, 우리의 본능적인 호흡처럼 그렇게 굴곡이 많았습니다. 아니, 굴곡이 심했습니다. 너무 솔직하다고 말하더군. 너무 아프다고 말하더군. 너무 감정적이라고 말하더군. 너무 열정적이라고 말하더군. 너무 혼자 감당하려고 한다더군. 너무 헌신하려고 한다더군. 너무 자주 아프다더군. 모자란 여자라고 하더군. 생각보다 주변에 사람이 없다더군.

외롭다더군. 저자세라더군.

그래요. 나는 늘 지나쳤습니다. 과했다는 것, 나는
인정합니다. 마음과 몸을 많이 다쳤습니다. 마음 상하고
피를 흘렸습니다. 아무도 아무도 모르게 말입니다….

어쩔 수 없는 일일까요? 자연스러운 일일까요? 나는
어쩔 수 없는 일이라는 것에 손을 듭니다. 그냥 어쩔 수
없이 그렇게 살아왔습니다. 한 여자가 딸, 엄마, 스승,
친구의 이름으로 살아가는 데는 너무 잘못된 태도이며
자세일지 모릅니다. 나의 단점을 너무 잘 알아서 고칠
수 없는 것인지도 모릅니다.
가령 이렇습니다. 의자를 조금만 고쳐 앉아도 편할
일인데 그냥 불편을 참고 앉아 있다고 하면 누가 이를
이해할 수 있을까요? 내가 사는 방법 중에 가장 잘못된
방법입니다. 그런데 잘 고쳐지지 않습니다. 그래서
그렇게 살아왔습니다.
고치지 않는 불편의 고충을 운명으로 받아들이며
살아온 바보 멍청이인 것입니다.

너, 어디에 있느냐?

하늘의 소리일까요. 바람의 소리일까요. 빛의

소리일까요. 오로지 이 한마디가 귓가를 맴돌고
있습니다. 가슴이 저릿하게 울림이 남아요. 섬찟
놀라면서… 나는 지금 어디에 있을까 스스로에게
묻기도 합니다.
나는 '바보'라는 운명의 방석에 앉아 있습니다. 스스로
만든 운명입니다. 결코 남 탓을 하지 않겠습니다.
잘못하였습니다.

주님! 저 여기 있습니다. 통증의 순간에 머무르고
있습니다. 그러나 기대를 버리진 않습니다.
'회복'이라는 다정한 말과 같이 살고 있습니다.
회복이라는 말은 볼을 부비는 것과 같은 살냄새가
납니다.
내 육신에는 쉽게 말이 나오지 않는 부위가 있습니다.
'폐'가 그렇습니다. 친한 친구에게도 "폐를 잘랐다"는
말이 잘 나오지 않았습니다. 팔과 다리를 몇 번
수술하고 교통사고로 허리를 다치기도 했지만
이상하게 폐라는 말은 입 밖으로 내기가 어려웠습니다.
나는 지금 회복 중이고 먹는 중이고 걷는 중이고
전화를 하고 있는 중입니다. 살아 있다고 말하고 있는
중입니다. 절벽에서 떨어진 느낌이 아주 오래갔지만
지금은 떨어진 그 자리를 잘 치우고 정돈하면서 내

자리로 만들어가고 있습니다.

여기서도 주님의 말씀이 들리고 내 기도는 주님께 잘
들리는 듯합니다.

칼릴 지브란의 말이 떠오릅니다. 기쁨이 식탁 곁에 앉아
있을 때면 슬픔이 침대 위에 잠들고 있음을 기억하라는
말 말입니다. 오로지 기쁨만을 가진 사람, 오로지
슬픔만을 가진 사람은 없을 것입니다.

그렇습니다. 감사합니다.

열매는 왜 귀한가?
80세 바구니에 담는 열매

'인내는 쓰고 열매는 달다'라는 닳고 닳은 격언이
빛나는 때가 왔습니다. 살아 있다는 사실에 모두
감사할 만큼 지난 코로나19 유행은 우리의 인내를
시험했습니다. 코로나라는 정체도 없는 무시무시한
그것에 주눅 들어 살아왔습니다. 집 안에서조차
마스크를 쓰고 사는 사람들도 있었습니다.
어디 그뿐인가요. 소상공인들의 가게가 문 닫는 것을
보면 가슴이 미어집니다. 우리 동네도 몇 개나 문을
닫았습니다. 돈이 아니라 빚을 엄청나게 진 사람들도
많습니다. 빈 가게에 홀로 앉아 울고 있는 가게
주인들도 만난 적이 있습니다.
피가 거꾸로 솟는 분노를 어쩌지 못하는 사람들은
손가락으로 셀 수조차 없습니다. 뭐니 뭐니 해도
경제가 가장 큰 상처가 아닐까 합니다. 우리는 그렇게
억울하게 울고 마음을 다쳤습니다. 그것을 책임지라고
할 사람조차 없으니 더 앞이 캄캄합니다. 그러나 우리는 잘 견디었고 살아냈습니다. 우리나라 기후가 점점 열대지방처럼 된다느니 10년, 20년 후에는 50도가 넘을 거라는 정보들이 나돌고 바이러스 유행도 점점 심화될 것이라고 합니다. 그러나 그건 또 그때 이야기입니다. 지난 코로나 유행 속에서 반드시 나쁜 일만 있었던 것은 아닐 것입니다.

인내와 기다림을 배웠을 것입니다. 코로나 사태를 박차고 나가면서도 내가 반드시 해야 할 일이 무엇인지 생각했을 것입니다. 얼굴 보고 웃는 시간들이 얼마나 큰 축복이었는지도 알게 되었습니다. 지난 일상들이 얼마나 귀한 시간들이었는지도 생각했습니다. 준비 기간이 좀 힘들었던 것은 틀림없습니다. 그러나 그 시간들을 그냥 잊어버리고 코로나 이전과 다시 같아진다면 우리의 인내는 무슨 소용이 있을까요. 준비 기간이 있어야 열매가 존재하는 것 아닐까요. 단시간에 되는 일은 하나도 없었습니다. 성장하는 일에서, 친구를 사귀는 일에서, 꿈을 갖는 일에서, 연애하고 결혼을 하는 일에서, 자식을 낳고 키우는 일에서, 모든 사는 일에서 단번에 되는 일은 단 한 번도 경험한 적이 없습니다. 남들은 쉽게 사는 것 같고 나만 어려움을 견딘다고 생각했던 적도 있지요. 어디 쉬운 삶이 있겠어요. 사람들은 모두 혹독한 준비 기간을

가지는 것입니다. 그래서일까요. 우리는 오늘 이 순간이
있다는 것을 잊어버리기도 합니다. 바구니에 잘 익은
과일을 수북이 따 담기 위해서는 여름이라는 땡볕의
숨찬 더위를 지나지 않으면 안 되는 것이지요.

이런 이야기는 어떤지요. 미국 전기차 회사 테슬라의
창업자 일론 머스크는 완전 자율주행으로 자동차
산업을 뒤엎고 첫 민간 우주선 발사를 성공시키며 세계
최고 부자의 자리에 앉았습니다. 그런 그가 새 직원을
뽑을 때 면접에서 반드시 하는 질문이 있습니다.
"당신이 감당했던 가장 어려운 문제와 그 문제를 어떻게
해결했는지 말해보세요."
머스크는 이 문제 하나로 거짓말쟁이를 가려낸다고
합니다. 학력도 안 봅니다. 고교 졸업도 상관 안 합니다.
다만 탁월한 능력만 봅니다.
머스크는 실제로 어려운 문제를 겪고 풀어본 사람은
문제의 세부 사항을 풀어내는 것이 겪지 않은 사람과
다르다고 말합니다.

우리말에 '닥치는 대로 산다'라는 속담이 있습니다.
그러나 닥치는 대로 살면서 그다음으로 뛰어넘어야
한다고 생각합니다. 닥친 삶에 주저앉으면 더 이상

일어설 수가 없는 것이지요.

닥치는 대로 산다는 말에는 일정 부분 분노가
있습니다. 그것까지 내려놓아야 앞이 보입니다. 현실을
받아들여야 하지 않을까요.

일본의 노벨물리학상 수상자인 고시바 마사토시
박사는 자기 꿈을 이루려고 작심한 사람은 굴욕을 참을
수 있어야 한다고 말했습니다. 네, 저도 굴욕을 참기로
했지요. 먹는 밥보다 굴욕의 양이 많아질 때쯤 앞이
보이기 시작했던 지난날도 기억합니다.

그럼 나는 탁월한 인간이었을까요. 아닙니다.
게으르고 우둔하고 뭐든 첫 시작에 손을 대지 못하는
여자였습니다. 바로 내가 놓인 자리… 내가 하지 않으면
안 되는 무서운 현실이 나를 바꿔놓은 겁니다.

머스크는 평범한 사람도 비범한 사람이 될 수 있다고
했고 가능성을 믿어야 가능성 있는 일이 일어난다고
했습니다. 가능성을 믿은 것은 아니지만 누구에게나
가능성은 존재한다는 것을 이제야 깨달았습니다. 참
감사한 일입니다.

그때 내게 가장 큰 힘은 눈에 보이는 사람이 아니라 내
눈에는 보이지 않았던 하느님과 성모님이었습니다.
죽을 만큼 절박하니 보이지 않던 하느님과 성모님을
보는 경험을 하게 된 것이지요.

그렇습니다. 세상에 이기지 못할 난관은 없을 것입니다.
난관이 문제가 아니라 그것을 어떻게 헤쳐 나가는가가
문제이겠지요. 어렵고 어려운 일이지만 돌파구를 찾는
그 시기가 결국 인간의 진면목을 보여주는 시기라고
말할 수 있을 것입니다.
누구나 그런 시간이 몇 번은 있었을 것이고 누구나
그런 시기를 극복하며 안간힘을 다해 일어나는 시간을
기억할 것입니다.
사실 오늘 이 시간도 바로 그런 힘으로 돌파구를 헤치며
일어나는 시간입니다. 주님, 바로 그 시간에 제가
있습니다.

80세의 바구니에 살진 열매는 없습니다만 주님 저를
용서하시고 지금의 이 시간을 허락하소서.
지금의 이 시간보다 소중한 것은 내게 없습니다. 충실한
열매는 없습니다만….

8 0 층 의   계 단   앞 에 서

저기 저기 저 꼭두머리 위까지 오를 수 있을까?
마지막 계단을 아는 사람은 아무도 없지만 내가 발을
떼어 다음 계단으로 오르려는 그 순간의 연속을
우리는 삶이라고 부르지 않나요. 발을 떼기가 두렵고
고단한 일이지만 그 몸의 움직임은 찬란하고 아름다운
일이라는 것을 나는 압니다. 내 몸을 스스로 움직여
계단을 오르는 일, 그것은 소중하고 귀하며 무조건
감사한 일입니다. 내가 잠자는 시간도, 내가 앉아
명상을 하는 시간도, 가족들과 더불어 밥을 먹는 시간도
사실은 한 단계 계단을 오르는 일 아닌가요.

파리의 국립도서관에는 엘리베이터와 에스컬레이터가
많지만 유독 도서관으로 오르는 높은 계단이 있습니다.
이 계단은 상징적인 용도가 더 크다고 생각합니다.
왜 계단을 두었을까요. 나는 오랫동안 그 계단을
바라보았습니다. 도서관은, 책은, 역사는, 지식은,

감성은 계단을 오르는 일일 것입니다. 머리를, 가슴을,
일상을 채우는 일도 계단을 오르는 일일 것입니다.
영성을 채우는 일도 마찬가지 아닐는지요. 인생을
묵묵히 생각하라는 마음의 도서관이 바로 계단입니다.
직접 가보진 않았지만 며칠 전 기사에서 본 그림 한
장이 떠오릅니다. 맛있는 와플로 유명한 벨기에 리에주
시에 있는 347단으로 이루어진 '몽타뉴 드 부랑'이라는
계단을 보고 나는 가슴이 뛰었습니다. 1881년에
축조되었고 『허핑턴포스트』가 '세계에서 가장 가파른
도시 계단'으로 선정하기도 했다고 합니다. 매년
초여름 화려한 꽃 장식으로 많은 관광객을 모은다는
사실을 알고 죽기 전에 꼭 가보고 싶은 곳으로 각인되어
있습니다.
하지만 나는 꽃 장식보다 가파른 도시 계단이 더
매력적입니다. 나는 늘 '피는 꽃'보다 '지는 꽃'에 더
유념했었습니다. 가파른 계단을 바라보는 일은 바로 나
자신을 바라보는 일로 내 가슴에 각인되는 것이지요.
가쁜 숨소리가 들립니다. 헉헉대는 숨소리가 들립니다.
더는 발을 떼지 못해 털썩 주저앉는 소리가 들립니다.
불꽃이 타오릅니다. 활활 타오르는 불꽃이 자족과
충만을 줍니다. 계단은 바로 꿈이며 이상이며 내일이며
사랑이며 살아 있음이기 때문입니다.

지난해 폐 수술로 조금만 걸어도 숨이 차오르지만,
이런 매력적인 계단을 보면 늘 가슴이 설레고 여행
일정을 맞춰보기도 하고 그림을 찾아 바라보기도
합니다. 바라보기만 해도 숨이 턱턱 차오르는 계단은
아마도 삶이라는 무거운 주제와 동일한 점이 많아서일
것입니다.

미켈란젤로가 만든 라우렌치아나도서관을 오르는
계단도 빼놓을 수 없는 계단입니다. 그 둥근 계단은
이상하게도 우리의 꿈과 사랑을 이야기하는 것
같습니다. 힘든 계단도 힘들지 않게 느끼며 오르다 보면
종착지가 나타난다는 인간의 정신적 낙원도 생각해볼
수 있을 것입니다.

살아 있다는 것은 계단을 오르는 일입니다. 계단은
힘듭니다. 계단은 고달픕니다. 계단은 노동입니다.
그러나 시련 없는 축복이 어디에 있겠어요. 계단을
오르는 일, 이보다 더 큰 축복은 없을 것입니다.

계단을 오르지 못한 사람의 행복은 기성품과 같다고
생각합니다. 이 세상의 그 어떤 생명도 계단을 오르지
않고는 진정으로 살아 있을 수 없을 것입니다.

계단 앞에 서면 인생의 거대한 줄거리를 눈앞에 보고
있는 듯합니다. 그렇습니다. 계단은 인생의 현실입니다.
기적은 끝까지 다 오른 게 아니라 오르려고 첫발을

내디디는 일일 것입니다. 광적인 열정은 없어도 됩니다.
다만 한순간의 소중함과 그 시간을 헛되이 보내지
않으려는 성실만 있으면 그것은 기적이 될 것입니다.
지나온 길, 가야 할 길 그 어느 것도 비웃지 못할 엄숙한
길입니다. 계단 하나하나는 소중한 내 생의 하루하루,
살점 같은 1분 1초입니다.
젊은 시절이 떠오릅니다. 그 시절 삶이 너무 혹독해서
아침에 눈을 뜨는 게 가장 싫었습니다. 진심으로 빨리
늙고 싶었습니다. 80세에 도달하고 싶었습니다. 너무
절실해서 「늙음에 대하여」라는 시도 썼습니다. 그 한
부분입니다.

그를 애타게 기다린 적이 있었다
스무 살 때는 열 손가락 활활 타는 불꽃 때문에
임종에 가까운 그를 기다렸고
내 나이 농익은 삼십 대에는
생살을 쫙 찢는 고통 때문에
나는 마술처럼 하얗게 늙고 싶었다

욕망의 잔고는 모두 반납하라
하늘의 벽력같은 명령이 떨어지면
네네 엎드리며

있는 피는 모조리 짜주고 싶었다

그러나 영락없이 늙음이 왔고 잡아당긴 것같이 팔순이
왔습니다. 기막히게 80세가 된 것입니다. 기다리던
때가 좋은 때라는 속담이 참 신기할 정도로 맞았습니다.
생각해보면 지금은 여기까지 올 수 있었던 것이
감사합니다. 그 무엇이 감사하지 않을 수 있을까요.
굴욕과 상처는 내 인간적 미비함 속에서도 그 피를
먹으며 제법 온전해졌습니다. 나이는 결코 그저 먹는
게 아니라는 이 수평의 진리가 나에게서 벗어나지
않았음에 다시 감사합니다.
추억과 슬픔은 늙지 않는다는 영국 속담이 있지만
그렇지 않습니다. 추억도, 슬픔도 늙는다는 것을
압니다.
지금은 모든 게 아슴하고 피가 얼 듯한 고독도 없고
눈알이 터질 듯한 슬픔도 없습니다. 온몸을 쥐어짜면서
통곡하는 울음도 없습니다. 아쉬운가? 아니,
편안합니다.
나는 지금 80세의 새 계단을 바라봅니다. 뒤를 돌아보면
자지러질 것 같은 후회와 진땀 나는 안타까움이 있지만
지금 내가 선 계단의 아름다움을 바라봅니다. 하늘을
가로지르는 새들, 땅 위의 꽃들, 그리고 사람들을

봅니다. 이것은 늘 무료였습니다. 내 생애에 무상으로
받은 자산을 너무 홀대하면서 살아온 것은 죄업입니다.
지금 이 계단에서 한 걸음 더 올라간 위 계단의 바람
온도가 좀 낮더라도 잘 견딜 것입니다. 바라보며
즐거워할 것입니다. 감사할 것입니다. 감사한 만큼,
감사의 분량만큼 나는 행복할 것입니다. 굴곡을
평면으로 받아들이는 사랑의 수용을 더 넓힐 것이며
특히 부족한 영적 우주와의 기도의 층을 더 높이 쌓을
것입니다.
다시 가슴 뛰는 그 둥근 계단이 떠오릅니다.
미켈란젤로는 꿈속에서 둥근 계단을 보았습니다.
그리고 도서관을 오르는 계단을 둥글게 만들었지요.
계단을 둥글게 만든 것은 미켈란젤로가 처음입니다.
계단은 가파르지만 계단 앞부분은 어머니의 사랑처럼
둥급니다. 너무 힘겨워 제대로 눈을 뜨지 못하고
살았지만 눈부신 기적 같은 따뜻한 모성의 손이 삶의
곳곳에 있었습니다. 둥근 계단은 바로 그 모성의 손이
계단 안에도 숨어 있다는 것을 말하는 듯합니다.
삶이란, 예술이란 이렇게 인간에게 오르고 싶은 기쁨의
힘을 주는 신의 손이 있다는 것을 가르쳐줍니다. 우리가
어디에 서 있더라도 거기 계단이 있다면 오르시오. 그
어떤 세계일지라도… 마음으로라도….

내가 나의 손에 수갑을 채웁니다

복싱을 배우고 싶을 때가 있었습니다. 헤비급 슈퍼 빅
매치처럼 상대의 얼을 빼고 때려눕히고 싶었습니다.
가장 단단한 글러브를 사고 싶어 구경을 간 적도
있습니다. 그 글러브를 보니 더 흥분해서 나의 화가
온몸을 감돌아 그것을 두 손에 끼고 미운 대상의 얼굴과
배와 가슴을 치고 싶었습니다.

유도를 배우고 싶었습니다. 메치기, 누르기, 조르기,
무릎대어돌리기, 꺾기를 정신없이 퍼부어 그 대상을
다시는 소생하지 못하게 땅 위에 좌악 펴놓고 밟고
싶었습니다.

그 대상이 누구일까요. 바로 제 운명입니다.
제아무리 노력해도 안 될 때 사람들은 운명이라고
말했습니다. 누가 운명을 명령했을까요. 그것은 지금도
잘 모르는 일입니다. 분명한 것은 그 운명을 피할 수
없었다는 것입니다.

누구도 가르쳐주지 않았습니다. 그것을 받는 일과

피하는 일에 대해서. 그래서 그대로 덥석 받은 것이
운명이었습니다. 내 삶인데 도저히 설명이 안 되는
그런 삶 말입니다. 물론 내 과오도 더불어 존재합니다.
그런데 과오라는 말 가지고도 해명이 잘 안 되는 것이
삶에서는 분명 있었습니다. 그것을 운명이라고 부르는
걸까요?

이런 생각을 하곤 합니다. 삶이란 눈에 보이지 않는 그
어떤 손이 자신도 모르게 등 뒤에서 갈겨쓰는 소설 같은
것이 아닐까. 나와 상의도 없이 나의 뜻이 아닌 그의
뜻으로 갈겨쓰는 소설가의 손이 어딘가 존재하는 게
아닐까.
병원에 오래 누워 있었던 적이 있습니다. 그때
생각했습니다. 인간에겐 타고난 사주팔자가 있는
것일까. 나는 분명 가톨릭 신자인데, 그것도 오래된
신자인데 이따위 생각에 빠져 있었습니다.
내게 오는… 내게 온 생의 상황들을 받아들이기가
어려웠기 때문이지요.

열 살 때 목에 몽우리가 생겨 엄마와 같이 어느
한의원에 간 적이 있습니다. 한의원으로 가면서 사탕을
사주시던 장면이 아직도 떠오릅니다. 아마도 그 사탕

때문에 침을 놓으리란 것을 알면서도 따라갔겠지요.

한의사는 수염이 하얗게 자란 할아버지였습니다.

나한테 요 위에 누우라고 한 뒤 할아버지는 엄마에게
생년월일을 물었습니다.

"쟈가 사월 초파일에 태어났어요."

엄마 이야기가 다 끝나자 할아버지가 아주 낮은
목소리로 단호하게 말했습니다.

"쟈는 시집보내지 말아요. 시집가면 딱 지옥이다. 시집
안 보내면 대통령 될 끼요."

그러자 엄마가 나한테 오시더니 "가자 가자. 별소릴 다
듣겠네" 하며 집으로 데리고 돌아갔습니다.

그후 그 모든 말을 잊어버렸고 한의원에 갔던 사실조차
잊어버렸는데, 가끔 친구들과의 대화나 책에서
'지옥'이라는 낱말이 나오면 이상하게도 그 할아버지가
생각나곤 했습니다.

열 살 때 맞은 미래 예측에 관한 한마디 말의 화살은
상당한 힘을 발휘했다고 볼 수 있습니다. '지옥과 나'
그리고 '결혼과 지옥', 이런 관계성에서 벗어나기가
어려웠지요.

대학 시절에는 비평론을 가르치는 조〇〇 선생님이
강의 시간에 갑자기 나를 불러 세우더니 묘한 말씀을
하셨습니다.

"너 빨강 옷 입은 학생, 마흔 되면 돈 한번 벌겠다."
아이들이 환호성을 질렀고 공부하기 싫은 터에 그
이야기로 몰고 가게 되었지요. 선생님이 돈을 빌려주면
마흔에 갚아라 등등 30분은 그렇게 지나갔을 겁니다.
선생님도 그날 수업을 하기 싫었던 게 아닐까요.
그런데 이야기 마지막에 선생님이 안 해도 좋을 말을
하셨습니다.
"그런데 결혼은 그저 그래."
이 정도였지만 나는 바로 '지옥'이라는 낱말을
떠올렸습니다. 수염 하얀 할아버지가 떠올랐고 황급히
일어서던 엄마도 떠올랐습니다. 그러나 풋풋한 젊은 날,
그런 것쯤은 금세 잊어버렸지요.

나는 거울 보는 것을 싫어합니다. 예쁘게 단장하고
싶으면 거울을 봐야 하지만 가능한 한 그런 일을
줄입니다. 나를 보는 것이 끔찍하기 때문입니다.
왜 이렇게 자신을 두려워할까요? 왜 이렇게 스스로에
대해 자신감이 사라졌을까요? 왜 이렇게 자기 비하에
길들여졌을까요?
"아직도 젊고 예쁘시네요."
"어머나 여전하세요."
이런 말을 들으면 그냥 듣고 넘어가면 될 텐데

"아니라니까요"를 반복하며 그 말을 수정하려
애씁니다. 무엇인가 깊은 상처도 느껴지고 결핍도
느껴집니다.

나에게 늘 소나기처럼 퍼붓는 말이 있습니다.
허술하다, 모자라다, 부족하다, 무계산적이다, 속이
없어도 너무 없다, 꽝이다… 이런 말을 수없이 퍼부으며
한마디 덧붙입니다.

"죽어도 싸다."

그렇습니다. 나는 늘 스스로 나를 가두고 부정하고 내
손으로 나에게 수갑 채우는 내면의 갈등을 겪고 있는지
모릅니다. 기도 시간에 언제나 "잘못하였습니다"를
연발하면서 말입니다. 그러나 나에게는 또한 무언가가
있습니다.

처음부터 있었던 건 아닙니다. 부딪히고 던져지고
깨어지다 보니, 나 자신에게조차 대접받지 못하다 보니
생겨난 것입니다. 그것은 바로 시련을 이겨내는 긍정의
힘입니다.

이렇게 부족하고 모자란 나도 열 손가락이 달아날
정도로 흙을 파다 보니 물이 나오기 시작한 것입니다.
그 물은 나를 보호하는 성모님이 주신 사랑의
물이었습니다. 운명에 끌려가는 것이 아니라 행복에도
자기 주도권이 있다는 것을 알게 되었습니다. 뭐가

찌르듯 칼칼한 목이 촉촉해지기 시작했습니다.

열 살 때 수염 하얀 할아버지가 말했던 것처럼 결혼을 했으니 대통령은 멀리 가버렸지만 자아를 찾아 의미 있는 사람이 되고 싶었습니다.

그 어렵던 시절 남북한을 오가며 대북 농업을 추진하시던 재미교포 목화할머니 김필주와 힐러리 클린턴도 근사했습니다. 2003년 노벨평화상을 받은 민주화운동가 시린 에바디도, 펄 벅이며 넬리 작스 같은 노벨문학상을 받은 여성들도 우러러보였습니다. 대학 시절 연애하듯 좋아했던 아름다운 오드리 햅번이 노후에도 가난한 어린이들을 돌봐주던 모습에서 큰 감동을 받았고 그녀가 최고의 인간이라는 생각도 했습니다.

몸은 부실하지만 조용히 늙어가면서 좋은 책을 읽고 예쁜 동네를 산책하는 것으로 노후의 안정을 찾고 있는 지금은 '행복'과 '감사'라는 단어만을 가슴속에 뜨겁게 품어 안아봅니다.

그렇습니다. 참으로 감사합니다.

오빠, 그리고 남자를 그리워합니다

나는 일곱째 딸로 태어났습니다. 이미 한 딸이 죽었고
내가 태어나서도 한 딸이 눈을 감았습니다. 나는 다섯째
딸이 되어 있었습니다. 그때 내겐 오빠가 있었습니다.
신순규.
대학 1학년 때 자진해서 헌병으로 입대했고 6·25 전쟁
때 사망했습니다. 안양 근처에서 총을 맞았는데, 대장을
탱자나무 아래 숨겨두고 대장의 옷을 바꿔 입은 오빠가
앞장서다가 총을 맞았다고 들었습니다. 그 대장은 오래
우리 집과 인연을 맺었습니다.
우리 집은 엄청난 환난에 시끄러웠고 아들을 잃은
엄마는 거의 실신 상태로 오빠 무덤에서 30일이나
돌아오지 않았습니다. 언니가 밥을 무덤으로 나른
것은 우리 고향 사람들이 다 알고 있는 일이었습니다.
생명 같았던 오빠가 죽자 내 아래 동생인 하나뿐인
아들이 엄마의 생존 이유가 되었습니다. 나는 그때 여덟
살이었습니다.

오빠와의 기억은 많지 않습니다. 오빠가 나를
업어주었던 것과 오빠와 한옥 툇마루에서
가위바위보를 했던 희미한 기억만 있을 뿐입니다.
그래도 오빠가 있다는 감정과 오빠가 없다는 감정의
차이는 엄청 컸다고 기억합니다.

딸들만 우글거리는 집에 아버지는 잘 안 계셨던 것
같습니다. 엄마가 우울했으므로 웃음꽃이 피는 집은
아니었습니다. 뭐가 잘 안 풀릴 때 오빠가 있으면…
혹은 남자가 있으면 잘 될 것 같았습니다.

그 화려한 젊은 시절 연애도 잘 되지 않았고 흔들리는
내면을 꽉 잡아주는 남자도 없었습니다. 결혼을 하고
나서는 '남자'가 있다, 내 아이의 아빠가 있다는 생각에
안도했지만 어느 날 남편이 쓰러졌고, 그 이후 죽음이
올 때까지 그는 남자가 아니라 남편이 아니라 오빠가
아니라 내가 거두어야 할 환자였습니다.

그후 20여 년이라는 세월이 흐르는 동안 '남자'에 대한
기대는 일어나지도, 솟구치지도 않았습니다. "연애하는
것 같아"라는 말을 많이 들었지만 그렇게 보이는 것
이상의 어떤 것도 내겐 일어나지 않았습니다.

지금의 현실, 이 나이의 숲에서 말하자면 아직 '남자'에
대한 그리움과 기다림이 남아 있는지도 모릅니다. 물론
여기서 말하는 기다림은 실제의 기다림이 아니라 그냥

내 살 속에 새겨진 버릇 같은 것이고, 아주 덮어버려
그런 기대감조차 꼬집어도 반응하지 않는 무기력으로
변화되었는지도 모릅니다.
모든 일을 내 손으로 하지 않으면 안 되는 생활방식에
나는 지금도 놓여 있습니다. 내가 외롭다고 하면
사람들이 도저히 이해를 못 하는 경우도 있습니다. 남들
보기에 괜찮으니 괜찮은 것이라고 나에게 속삭입니다.

가전의 스티브 잡스라고 불리는 제임스 다이슨은
결핍과 도전의 원동력을 가지고 불가능한 고개를
넘어간 사람입니다. 그는 공학을 종교로 삼고 그
종교에 맹종한 사람입니다. 틀린wrong, 이상한strange,
다른different을 삼위일체로 삼고 그것을 온몸으로
뚫어냈지요. 결국 그는 성공했고 고통의 극한을
넘어서는 쾌거를 보였습니다.
그러나 인생에서 이렇게 하면 망할 수도 있습니다.
틀리고 이상하고 다른 것은 굴곡과 고통과 외면당함을
의미합니다. 그렇게 살려고 생각해본 적은 없습니다.
세상에 누가 그런 삶을 원하겠어요.
그것은 불운을 말하는 것일 겁니다. 그것은 누가
부르지도 않았는데 저 혼자 그렇게 오는 것이
아니던가요.

나는 '고개'를 넘었다고 생각하지 않습니다. 지금
고개를 넘고 있다고 생각합니다. 남자와 손잡고 가는
고개가 아니라 홀로 비틀거리며 넘는 고개입니다. 나는
늘 그렇게 홀로 고개를 넘어갑니다.

우리나라에선 어려운 고비나 풀리지 않는 삶의
문제를 풀려고 노력할 때 고개를 넘는다고 하잖아요.
우리 한국인의 정서에 가장 농축된 인자 중 하나가
바로 고개입니다. 왜 고개가 한국인의 심정과 정서에
확고하게 자리를 잡았을까요. 아마도 우리 한반도가
7할이 산투성이여서 보는 대로 생겨난 비유법
아닐까요.

고개는 참 좋은 비유인 것 같습니다. 내 삶도 늘
그랬으니까요. "저 고개만 넘으면…" 그렇게 기대하고
오르면 영락없이 또 고개, 또 고개였으니까요. 그러나
나는 지금이야말로 고개가 나의 삶이라고 이해하고
있으며 그 고개를 기꺼이 홀로 넘어야 한다는 남다른
각오가 있습니다.

고개가 내 발을 짓무르게는 했을지 몰라도 눈물에 젖은
얼굴을 냉정하고 사늘한 의지로 키워 이제는 고개와
마주쳐도 놀라지 않습니다. 눈물보다 각오가 크기
때문입니다. 오늘도 그 각오에게 보약이라도 지어
먹여야 하지 않을까 생각 중입니다.

내 의식 중에는 무엇인가 잘 안 될 때, 타인의 손이
필요할 때 '오빠' 혹은 '남자'가 떠오릅니다. 아플 때
의사를 찾는 격이지만 내게 오빠와 남자는 실제로는
없는 것이었습니다.

아마도 그래서 스스로 문제를 풀어가는 작은
능력이라도 얻은 게 아닐까요?

감사합니다.

내가 먹은 밥이 키워온 외로움

외롭다 생각하신 적이 있나요? 아니, 지금 외롭다고요?
외로움은 무엇일까요? 어린 시절엔 심심하다고 했고
중등 시절엔 적적하다고 했으며 한창 들끓는 청춘일 땐
고독하다고 소리를 높였고 조금씩 나이가 들어가면서
외롭다는 말을 사용하기 시작했습니다.
군중 속의 외로움이란 말도 있습니다만 외롭다는 말은
역시 홀로 모든 것을 감당해야 한다는 인지가 생길 때
하는 것이 아닐까요.
말하자면 소속감의 상실이 외로움으로 귀결된다고
말할 수 있습니다. 소외감의 극치가 외로움의 극치로
나타나는 것이니까요. 누구와 연결이 되어 있다는 것,
그것은 관심이지요. 가장 평범하게는 밥 먹었냐, 잠은
잤냐, 어디 아프지 않냐 하고 관심을 가져주는 일은
소속에 연결되어 있는 것입니다.
그러나 거기서 멈추는 것이 아니라 외로움은 혈류처럼
마음에, 정신에 흐르는 것이라서 여기서 벗어나기는

어려운 게 아닌가 생각됩니다.

외롭지 않은 사람은 없습니다. 그렇다고 공통분모는
아닙니다. 그 무게의 차이에서 스스로 견딜 만한 것이
있고 죽음을 불러오는 외로움도 있는 것입니다.
영국의 대형 슈퍼마켓 체인점인 세인스버리는 전국
20개 매장 내 카페에 '대화 탁자'라는 이름을 붙인
탁자를 들여놓았다고 합니다. 누구나 외로움을
느끼는 사람이 앉으면 다른 사람이 옆자리에 앉고
모르는 사람끼리 자연스럽게 대화하도록 유도하는
아이디어입니다. 세인스버리는 종종 대화 탁자에
입담이 좋은 직원도 앉게 해서 고객의 말동무를
하게 해줍니다. 우리나라도 바로 실행했으면 하는
대목입니다.

우리나라 사람들은 모르는 사람에게 말 붙이는 것을
하지 않으니 가능할지 모르겠습니다만, 혼자 가만히
있는데 왜 말을 거냐고 따지지는 않을 것입니다.
왜냐하면 서로 다 외롭고 외로워서 그 자리에 앉는
것이기 때문입니다. 외로움 대응 전략이 이만큼
자연스럽게 발전한 것입니다.

외로움은 하루에 담배를 열다섯 개비 피우는 만큼이나
건강에 해롭다고 합니다. 외로움을 심장병, 치매를
부추기는 질병으로 간주해서 영국에서는 외로움부

장관을 임명했습니다. 트레이시 크라우치 장관은
외로움을 극복하는 사회적 처방법을 다양하게
연구하고 있다고 합니다. 고독사가 심심찮게 일어나는
상황에서 심각한 단계라고 생각하기 때문입니다.
외로움, 그것은 우리 인간의 공통 고민이며 극복해야만
하는 질병이 맞는 것 같습니다.

나는 외로움을 생명의 그늘이라고 부릅니다. 몸이
있으면 그늘이 있듯 외로움은 살아 있는 한 벗어나지
못한다는 이야기입니다. 외로움은 모든 예술작품의
기본이 아닐까요. 특히 문학에서 가장 큰 주제가 외로움
아니던가요. 외로움에서 파생되는 사랑과 만남과
이별 그리고 욕망이 인생사를 이끌어갑니다. 그리고
끝내는 '고독사'라는 죽음의 비유를 탄생시키기도
하고 우울증의 끝으로 자살을 어렵지 않게 보게 되는
것입니다.
어른이 가장 잘 버텨야 하는 것이 외로움입니다.
나이가 든다는 것은 그 외로움을 어떤 방식으로
물리치고 이기는 과정을 말하는 게 아닐까요. 이
세상 누구도 완벽하지 않습니다. 부자도, 권력자도
모두 허전한 구석이 있다는 것을 우리는 매일 신물
나게 보고 있습니다. 정서적 허기로 괴로워하지

않는 사람은 없습니다. 그럼에도 불구하고 외로움의
구걸은 흉하게만 보입니다. "나 외로워"라는 말은 밥을
구걸하는 것보다 더 비참해 보입니다.

외로움은 몸의 속살과 같아서 노출하거나 돌출시키면
민망해서 보기 어렵습니다. 정서적 허기라는 것도
그렇습니다. 생명이 있는 그 무엇도 이 허기가 있는
것인데, 그것을 가볍게 노출하는 사람은 정신의 깊이가
얕아 보이기까지 합니다. 이것을 하면, 저것을 하면
덜 외로울 것이라고 생각하면서 금기를 넘어서는
사람들이 결국 더 큰 마음의 빈자리를 만드는 것도 너무
많이 보아온 현실입니다.

외로움은 억지로 피해 가는 지역은 아닌 것 같습니다.
적당히 수용하면서 걸러내면서 사랑하기도 해야 하는
우리 안의 지역이 아닐까요?

흔히 행복을 느끼는 세 가지 요인을 사회적 연결,
경제적 수입, 절친이라고 말하는 사람들이 많습니다.
개인마다 다 다르지만 '연결'은 아주 중요한
요인입니다. 어디와 누구와 연결되어 있으면 그만큼
자기를 부르는 호칭이 많아져서 외로움을 잊는
시간이 길어지고 자신의 쓸모를 인식하면서 마음이
느긋해지기 때문일 것입니다.

경제적 수입은 많을수록 좋지만 나이 들면 사라지는
것이 수입이지요. 수입은 사라지고 외로움은 덩치가
커지는 것, 그것이 나이의 슬픔입니다.

그다음이 친구라면 절대적이라고 말하고 싶습니다.
제일 부러운 사람은 '나' 같은 친구를 죽음에 이를
때까지 가지는 사람이라고 말하고 싶습니다. 내가 먼저
좋은 친구가 되어주어야 좋은 친구를 얻을 수 있는데 그
관계가 참 어려운 일입니다. 지금의 친구에게 차라도
한 잔, 밥이라도 한 그릇 사면서 "고맙다"고 말해야 할
듯합니다. 친구가 있다는 안도감보다 더 좋은 보약은
없습니다.

결국 외로움의 특성은 '다른 사람과 하나로 느끼지 못할
때', '집단에 속하지 못할 때', '타인과 비교해서 자신의
상황이 더 안 좋다고 느낄 때' 나타납니다. 행복의
조건과 외로움의 조건은 비슷하다고 볼 수 있습니다.
딱 하나입니다. 소속과의 관계가 투철할 때 외로움은
줄어든다는 것입니다. 나이 들면서 줄어든 가족, 친구…
단 한 명이라도 내가 더 다가서는 '사랑'의 소질을
보여주어야 할 것 같습니다.

서울 응암초등학교 2학년 원의범 교사의 교실에서는
매일 오전 9시 특별한 노래가 이어집니다. 지수가
행복하고 평안하고 건강하기를, 혁주가 행복하고

평안하고 건강하기를… 이렇게 반 아이들 이름을
모두 부르며 행복송을 한 다음에 수업을 시작합니다.
담임선생님 이름도 부릅니다. 서로의 이름을 돌아가며
부르다 보면 아이들 표정이 달라지고 자기 이름이
불리는 순간에는 얼굴에 행복감이 넘친다고 합니다.
그다음 날도 일어나는 일이니 아이들은 늘 행복할
수밖에 없고 결국 아이들 간의 다툼도 사라지고 거친
마음도 많이 푸근해진다고 합니다. 관계, 소속, 믿음이
빚어낸 결과입니다.

"외로움은 벗어날 수 없나요?"
정신과 의사에게 물은 적이 있습니다. 대답은
간단했습니다.
"당신이 열심히 강의하고 있을 때 잠시 물러서 있을
겁니다."
법정 스님도 말한 적이 있습니다.
"때로는 옆구리를 스쳐 가는 마른 바람 같은 것을
통해서 자기 정화를 시키고 자기를 맑힐 수가 있을
것이다."
건강한 사람은 외로움에서 벗어나려 하지 않고 그것을
통해 자기를 성장시키려 한다는 것입니다. 그렇습니다.
외로움은 호랑이처럼 피하는 것이 아니라 잘 사귀어야

합니다. 외로움은 또 하나의 벗이어서 어떤 방식으로 거리를 두느냐 하는 것이 사람의 숨은 인격이기도 합니다. 삶은 사람과 연결되어 있습니다. 사람과 친하고 필요한 가치를 알면 돈보다 더 사람을 벌어야 한다는 의미를 알게 될 것입니다. 사람을 가지는 것은 첫 번째 덕목이 희생입니다. 타인을 이해하고 배려하고 내가 조금 지고 인내하는 것입니다. 이 공부가 철저하게 된 사람도 기본 외로움, 즉 원초적 외로움은 존재하는 법이지요. 사람의 중요성도 알고 혼자 잘 놀 줄 아는 공부가 요즘에 이렇게 중요한 국가적 테마가 될 줄은 몰랐습니다. 사실 어린 시절부터의 교육에서 노년의 외로움 혹은 인간의 외로움을 이기고 더불어 살 줄 아는 지혜를 가르쳐야 합니다. 외로움은 미래의 감정이 아니라 누구나 바로 앞의 고뇌이기 때문입니다.

지금 누가 질문을 하네요. "외로울 때 어떻게 하나요?" 아 네, 나는 지금 이 순간도 외롭습니다. "네 감정이 어떠냐?" 나에게 묻는 경우가 많은데 그때도 사실은 내가 외로울 때입니다. 고질적인 지병이라 해도 틀리지 않을 것입니다. 가족과의 연결, 친구와의 관계, 사회적인 관계도 그리 나쁘지 않습니다. 그리고 중요한 것은 늘 할 일이 있습니다. 그럼에도 불구하고 내

내면에는 '홀로'라는 강력한 못 하나가 박혀 있습니다.
그 못은 내가 일할 때나 사람을 만났을 때는 가만히
있다가 내가 혼자 있거나 아플 때 몸을 비틀고 올라와
나를 괴롭힙니다.

악마같이 내 몸을 쑤셔대면서 "넌 혼자야", "넌 외로워!"
하고 외쳐댑니다. 이상하게도 그 악마의 목소리는 내
몸에 배어듭니다. 그리고 서럽게 만듭니다. 전화번호를
뒤적거리게 만듭니다. 누구와 통화하거나 만나면
좋을까 고민하게 만듭니다. 전화할 한 사람을 찾지
못합니다. 다시 외로워합니다. 그런 시간에 글을 쓰거나
운동을 하면 좋을 텐데 이상하게도 그런 시간에는
몸에 좋은 것은 잘 오지 않습니다. 술을 마실 때도
있습니다. 그런 순간엔 한잔 술을 즐기는 것이 아니라
주루루 마시는 악행으로 치닫습니다. 내 인생에서 가장
고질적이고 불행했던 순간들을 앞에 펼쳐놓습니다.
내가 생각해도 도저히 수용할 수 없는 절벽에 매달린
나를 바라보게 합니다. 그 자리에서 딱 눈감고 싶었던
굴욕의 장면들도 앞에 펼쳐놓습니다.

그러나 이 세상에서 나만 겪는 고통은 없습니다. 견디는
것도 인간에게 주어진 밥과 같습니다. 외로움은 내게
소금과 같습니다. 약간은 간을 맞추는 데 유용하지만
조금만 넘치면 망쳐버립니다. 그래서 나는 싸웁니다.

용용 죽겠지 하고 외로움이 화를 내게 하면서 달아나려
애씁니다. 외로움 그거 별거 아니라고 얕보면서 때론
안고 뒹굴기도 합니다. 한 번도 이별이 없었던 나의
외로움. 노년의 내 친구로 받아들여야 하지 않을까요.
이것 또한 감사합니다.

오솔길에서 별을 보다

심곡동으로 이사 오기 전 내가 살던 아파트에서 조금만
가면 탄천이 있습니다. 걷는 운동을 한다면 그보다 더
좋을 수 없습니다. 옆으로 냇물이 흐르고 겨울 철새들이
물 위에 놀고 있으며 마른 소리를 내는 억새들이
수런거리고 저 멀리 하늘에 걸린 것 같은 십자가도
보입니다. 저는 걷는 기도를 거기서 하게 됩니다.
손에는 묵주가 들려 있습니다.
더러는 뜻밖의 시상을 얻어서 가슴 두근거리며 집으로
돌아와 책상 앞에 앉기도 합니다. 탄천은 내게 아주
친한 벗처럼 울적해도, 기분이 좋아도 찾는 곳입니다.
가을철에는 친구들과 운동도 하고 맥주도 한잔 하는
곳이어서 내 사랑방 같은 느낌도 없지 않습니다. 다만
그곳은 시간이 좀 많이 걸리고 밤에는 왠지 무서움도
느껴 머뭇거리게 되는데 그럴 때 찾는 또 하나의 길이
있습니다. 아주 소박한 오솔길입니다. 아파트 맨 끝에
임대아파트가 있고 그 마지막 길에 숨은 듯 아주 작은

오솔길이 있습니다. 무엇보다 좋은 것은 흙길이라는 점인데 요즘 어디 흙길을 걷는 일이 쉬운가요. 두 번을 걸어 오가면 한 시간쯤 되는 이 산책길은 예쁘게 단장도 되어 있습니다.

소나무가 제법 멋을 내고 잣나무가 줄을 서 있고 왕벚나무, 느티나무, 은행나무, 산수유나무가 질서를 잡고 서 있고 아래로는 원추리, 맥문동, 무늬둥굴레, 매발톱꽃이 여름 내내 피어 있는데 이름도 예쁜 옥잠화도 볼 수 있습니다. 겨울철에는 이름표만 눈을 맞고 있지만 이곳에서 숨겨둔 애인처럼 만나는 것이 바로 저녁별입니다.

겨울철, 그것도 밤에 적막한 오솔길을 걷다가 별을 보는 순간, 다 잠들어 있는데 나 혼자 깨어 밤하늘과 대화하고 있다는 우월감을 느끼며 차디찬 외로움을 따뜻하게 즐깁니다. 이런 소박한 자연에서 만날 때 감미롭고 편안합니다.

아침에 딸이 물었습니다. 올라가기만 하고 내려오지는 않는 것이 무엇이냐고. 머뭇거리는 나에게 "나이"라고 말하네요. 마음속으로 결코 내려갈 수 없는 그 계단의 나이를 나는 지금 즐기노라고 말하고 싶었습니다. 오르기만 하더라도, 그래서 어느 날 문득 서는 시간이 오더라도 나는 내 삶에 대해 아주 넉넉하고

겸손해지려 한다고요. 안달복달하던 젊은 시절이
조금도 그립지 않습니다. 뜨겁게 끓어올라 미움도,
사랑도 온몸으로 태우던 그 젊은 날로 절대로 돌아가고
싶지 않다는 이야기입니다. 연애하고 결혼하고 아이
낳아 키우고 싸우던 시절들… 아이고 맙소사, 그야말로
노 땡큐입니다. 지금 나이가 좋습니다. 늘 지금이
좋습니다. 딸은 결코 이해하지 못하겠지만 늘 새로운
나이로 저녁별을 바라볼 수 있는 은혜로움이 있는 한 그
순간을 감사하게 생각하며 즐거워하고 싶습니다.
그냥 고요히 앉아 있기만 해도 즐거운 것이 있는 게
지금의 나이입니다. 늘 서성대고 전화를 기다리고
거리를 헤매고 화기가 치밀어 오르도록 외롭던 젊은
시절에는 생각지도 못한 평화가 지금 나이에 있습니다.
더 깊은 말을 한다면 이 나이에도 쓸쓸하고 외롭고
슬프기는 합니다. 홀로 울기도 합니다. 그러나 이
나이는 그 슬픔들을 마음으로 끌어들여 다독이는
친절함이 조금은 있습니다.
얇게 눈 덮인 흙길을 걸으며 "아 좋다" 하고 감탄하는
지금 이 순간이 존재하는 한, 자연이 나를 비켜 가지
않고 봄 여름 가을 겨울을 보여주는 한 진심으로
감사하고 좋다, 좋다 하며 살아가려 합니다.
너무 눈부신 것은 부담스럽습니다. 나이 들수록 가벼운

것이 좋습니다. 감정도, 관계도, 핸드백도, 신발도 다
가벼운 것이 좋습니다. 이것은 아마도 줄어드는 힘에
맞추는 타협인지 모르지만, 젊은 날 거대한 욕망과
더불어 버거운 것들과 싸우던 것과는 거리가 멉니다.
낮은 것이 좋습니다. 너무 높은 것은 불안합니다.
대표적인 것이 하이힐입니다.

하이힐에서 낮은 신발로 갈아 신으며 자존심이 상했던
기억이 있습니다. 편한 것으로, 낮은 것으로, 가벼운
것으로 향하는 길이야말로 가장 높은 것임을 지금
깨닫습니다. 다 어떻게든 살게 되어 있는 것입니다.
지금 살고 있는 성남 심곡동 집에서 조금만 올라가도
금계국으로 가득 찬 산을 만날 수 있습니다. 지난봄에는
온 산에 가득한 노오란 꽃들을 보며 "아 천국이다!"
하고 외쳤습니다.

저 늙은이들이 어떻게 웃을 수 있는가? 하고 생각했던
젊은 시절이 있었습니다. 홀로 소박한 오솔길을 걸으며
만나는 저녁별을 무진장 행복해하는 지금의 일상을
나는 겸허히 허리 굽히며 사랑하고 있습니다.
탄천에서 바라보던 별이 심곡동으로 나를 따라 이사
왔습니다. 어찌 행복하지 않겠어요.
감사하고 감사합니다.

내 손에게 상을 줍니다

성격에는 더 많은 단점이 있어서 나이가 들어도
제대로 변하는 훈련을 하지 못하고 있지만, 신체적인
단점을 극복하지 못하는 경우가 더 많습니다. 성격은
백 번 노력하면 아주 작은 변화를 가져올 수도 있지만
신체적인 것은 노력으로만 되는 것이 아닐 듯싶습니다.
손이 그렇습니다. 여자는 손이 아름다워야 모든 것이
아름답다고 했습니다. 섬섬옥수는 아니더라도 민망할
정도는 아니어야 하는데 영 내 손이 마음에 들지
않습니다.
살다 보면 손으로 해야 하는 일이 대부분입니다.
악수도, 손으로 모형을 그릴 때도, 대화를 나눌 때도
손을 움직이는 경우가 많습니다. 책에 사인을 할 때도
손으로 하지요.
강의를 할 때도 습관적으로 손동작을 자주 하는
편입니다. 밥도 손으로 먹고 차도 손으로 마십니다.
남의 시선을 피하기 어렵습니다. 자기도 모르게 두 손을 비빌 때도 남이 바라볼 확률이 높지요. 가능한 한 손을 앞으로 내미는 일을 줄이지만 손이란 주머니 안에만 있다면 쓸모가 없지요. 무의식적으로 손이 밖으로 나와 행동할 때가 많습니다. 그래서 손이지요. 그러니 남들이 자연스럽게 보게 되지요. 언제부터인지 잘 모르겠지만 손의 관절이 심각해지면서 내 나이보다 두 배는 늙어 보였습니다. 좀 예쁘게 보이려고 마사지도 하고 문질러도 보았지만 별 변화가 없었습니다. 그러나 이 못생긴 손에 나는 상을 주려 합니다. 2022년을 보내는 12월 31일 일기에 내가 나에게 주는 상으로 내 손을 꼽았습니다. 나는 매년 마지막 밤 일기에 내가 나에게 주는 시상식을 하는데, 일 년 동안 여전히 책임을 완수했고 참 수고가 많았다는 것이 상의 이유입니다. 아픈 손으로 인생을 아프지 않게 하려고 묵묵히 자기 일을 해왔던 것이 내 손입니다. 지금까지 50권 분량의 책을 썼고 그중 절반 넘게 손글씨로 썼지요. 또 일기를 썼고 편지를 썼고 석박사 과정을 하면서 논문도 몇 편 썼습니다. 말하자면 많은 문을 열어 내가 들어가게 해준 주인공은 내 손이었던 것입니다.

생각해보면 인간은 이기는 것보다 지는 것으로 더 성장하듯, 모양새가 아름다운 것만이 아니라 투박하고 울퉁불퉁한 것도 행복을 가져올 수 있다고 생각합니다.

가끔은 내 손인데 눈물겨울 때가 있습니다. 헤아릴 수
없이 밥을 먹었지만 다 내 손 덕분에 배를 채웠습니다.
아침의 기쁨 하나가 커피인데 그 숱한 커피를 마시며
행복할 수 있었던 것도 다 내 손 덕분입니다. 너무
아픈 내 손이 나를 먹여주고 살리고 있는 것입니다. 좀
쉬라고 결코 말할 수가 없습니다. 따로 휴가를 줄 수도
없습니다.
내 손의 휴식은 내가 숨이 멎는 순간부터이지 않을까요.
그래서 눈물겹습니다.
그런데도 내 손을 부끄럽게 생각한 적이 많습니다.
사람들 앞에서는 손을 숨기며 보여주기를 꺼렸습니다.
이 부분에 대해 내 손에게 잘못을 빌어야 합니다. 상을
주면 뭐 합니까. 실체를 부끄럽게 생각하는 게 아니라
자랑스러워해야지요. 그래서 지금부터 내 손에게
다짐합니다.
결코 너를 부끄럽게 생각하지 않으리, 사랑하는 나의
손아. 못나고 거친 나의 손을 당당하게 내놓으리.
문득 헤르만 헤세의 시가 생각납니다.

    모든 꽃잎은 열매가 되려 하고

    모든 아침은 저녁이 되려 하고

    이 땅에 영원한 것은 없다

변화와 소멸만 있을 뿐

지극히 아름다운 여름도

가을과 시듦을 맛보려 한다

나뭇잎아

바람이 너를 데려가려 하거든 가만있거라

감사합니다.

미소와 음악 안에서

지친 몸을 펴고 누웠습니다. 병실의 냄새도 가시고
주사를 찔렀던 흔적도 없어지고 이젠 고요히 쉬는
축복 속에 누워 있습니다. 화도 내리고 의심도 내리고
두려움까지 모두 내린 상태에서 참 평화의 '쉼'을
즐기고 있습니다.
입원까지는 참 힘들었습니다. '수술'이라는 말이 의사
선생님의 입에서 흘러나올 때도 힘들었습니다. 마음이
파이는 듯 아팠습니다. 여러 번 입원했고 수술도 했는데
이번엔 더더욱 충격과 고통이 밀려왔습니다.
아마도 폐를 자른다는 말 때문이었을 겁니다. 그
말을 듣고 어디 울 곳이 없나 찾았습니다. 어디 가서
홀로 펑펑 울고 싶었습니다. 누구에게 말하고 싶은
사람도 없었습니다. 놀랄 자식들을 생각하면 그 또한
말할 대상이 아니며 가까운 친구들에게도 차마 그
말은 나오지 않았습니다. 만약에, 만약에 말입니다.
하느님이 지금 생을 멈추겠느냐, 아니면 더 고생하다가

살겠느냐고 물으시면 조금도 머뭇거리지 않고 네 네 네,
지금요 하고 말하고 싶었습니다.

그렇게 수술하고 퇴원해서 지금은 회복 중입니다. 몸도
마음도 큰 상처를 안고 그 상처를 쓰다듬으며 쉬고
있습니다.

미소를 생각합니다. 가장 나를 안심시키는 미소를
떠올립니다. 어머니의 미소가 떠오릅니다. 어린 날
다락방에서 어머니가 숨겨둔 꿀을 떠먹다가 들키고
말았는데, 난 이제 죽었구나 싶었는데 어머니는 큰
소리를 쳤지만 빙그레 미소를 띠며 말했습니다.
"그렇게 묵고 싶었나. 한 숟가락 더 묵어라."
어머니 기분이 좋았던 날인지 몰라도 그때의 어머니
미소는 꿀보다 더 달았습니다. 어머니가 화를 낼 때도
나는 늘 그 미소를 생각했지요. 지금도 그 어머니
미소를 내 앞에 크게 펼쳐놓으며 따라 미소를 짓습니다.
누구나 같을 것입니다. 이렇게 마음의 상처와 몸의
상처가 함께 아파오는 시간에 다가오는 미소가 있지요.
성모님 미소입니다.
성모님이 다가오시는 인기척을 느낄 때는 내가 마음을
다소곳이 모을 때입니다. 성모님의 미소는 영혼까지
분홍빛으로 물들이며 온몸에 행복감과 안정을

가져다주면서 하느님과의 만남으로 이어지게 합니다.
나는 성모님의 미소를 우리가 살아가는 일상과 자연의
법칙에서 바라봅니다. 아마도 하느님이 성모님의
미소를 모든 인류의 삶의 배경에 펴놓으신 게 아닌가
생각합니다. 말하자면 우리의 하루에서 눈을 뜰 때,
밝아진 창밖을 볼 때, 비가 올 때, 눈이 내릴 때, 바람이
불 때, 어둠이 사라지는 순간 모두에 사실상 성모님의
미소가 숨겨져 있습니다. 바로 우리 앞에 말입니다.
나는 지금 성모님의 미소를 바라보며 누워 있습니다.
온몸이 살아나는 듯 황홀합니다.

스페인 톨레도 대성당에는 스페인의 모나리자로
불리는 성모자상이 있습니다. 성모님이 자신의 턱을
만지고 있는 아기 예수님을 사랑의 미소로 바라보고
있습니다. 이 세상 인간의 힘으로 어쩔 수 없는
모든 흉허물을 싹 가시게 할 만큼 아름답고 인자한
미소입니다.

물론 아기 예수님도 미소를 띠고 있습니다. 이 영적인
미소들이 인간 세상의 참 많은 상처를 치유하셨을
것이라고 생각합니다.

또 하나의 거룩한 미소가 있습니다. 미켈란젤로의
피에타상은 피비린내 나는 십자가에서 바로 내려온
예수님을 성모님이 안고 있는 비극적인 조각입니다.

그런데 그 비극적인 작품 속 예수님은 가는, 아니 엷은
미소를 짓고 계십니다.

하느님이 모든 일을 완성하신 다음의 미소가
이런 미소일까요? 눈을 뜨고 잘 들여다보면, 거기
감동적인 미소가 있습니다. 더 이상 잔인할 수 없을
정도로 인간의 뒤틀린 썩은 분노까지 넙다 내려 씌운
잔인무도한 죽음 끝에서도 인자하고 아름다움의
극치인 예수님 미소를 보면서 어떻게 우리가 아버지를
부르지 않을 수 있겠어요.

아버지! 아버지! 성부와 성자와 성령의 삼위일체가
"괜찮아"라고 하시는 미소일 것입니다. 그것은 구원의
미소, 영원의 길을 터주는 미소라고 생각합니다.

또 하나의 미소를 말하지 않을 수 없습니다. 한국의
아름다움을 대표하는 금동미륵보살반가사유상의
미소입니다. '가는 미소', '엷은 미소'라고도 합니다.
금방이라도 지워질 듯하여 마음을 졸이며 들여다보면
미소는 그대로 있습니다. 지금도 국립박물관에 가면 볼
수 있는 미소이지요.

이 역시 구원의 미소입니다. 미소인데 오래 들여다보면
따뜻한 피처럼 차가운 제 몸을 돌기 시작합니다.

천 마디 말씀보다 쉽게 깨달음의 경지에 도달할 것
같습니다.

이 미소는 미래의 미소이기도 합니다. 자료에 의하면
이 땅의 중생들을 마지막 단계의 도솔천에서 수행하며
7천만 년 윤회 끝에 불교의 가르침을 깨닫게 하려는
명상 모습이 반가사유상이라고 합니다.

염화시중拈華示衆. 가히 그 미소는 그 어떤 설법보다
강합니다. 그래서 깨달음의 미소, 해탈의 경지라고
하지요.

나는 이 세 가지 미소가 똑같은 하나의 미소처럼
느껴집니다. 현재를 살아가는 우리는 바로 이 세 가지의
미소가 존재하는 한 마음의 힘을 받고 미소를 띨 수
있지 않을까요? 전생도, 이생도, 후생도 다 빛날 것만
같습니다. 아니, 다 용서받을 것만 같습니다. 매화꽃인
양, 벚꽃인 양 그 분홍빛 엷은 미소는 내 옆구리의 꿰맨
상처까지 분홍빛 물을 들입니다.

에이나우디의 음악을 듣고 있습니다. 몸이 더 아래로
아래로 가라앉습니다. 어떤 이는 음악을 들으며
글을 쓰고 음악을 들으며 일을 한다는데 나는 그렇지
못합니다. 음악만을 들을 때 더 집중하고 그 음악을 내
것으로 받아들입니다.

차를 마실 때 음악을 듣기도 하지요. 그러나 이렇게
몸의 기력이 쇠했을 때, 마음마저 쇠하여 기운을 찾지

못할 때 음악을 듣습니다.

아픈 마음을 어루만질 때는 미소와 음악이 최고입니다. 에이나우디의 눈은 깊습니다. 그가 창밖 하늘을 쳐다보면 온 세계를 바라보는 눈이 커지고 넓어집니다. 개인적으로는 바이올린을 만드는 마틴 슐레스케의 눈과 비슷하게 느껴집니다. 그의 노래는 종교색 없는 클래식 전통음악입니다. 치유라고 해도 되고 위로라고 해도 되는 음악이지요.

온몸이 편안해지면서 머리가 상쾌해집니다. 음악 속에서는 누구도 미워할 수도 없으며 설사 미운 자가 있다 하더라도 용서할 것 같습니다.

네 네, 용서하겠습니다.

에이나우디의 음악은 영화 「노매드랜드」와 「더 파더」에서 흘러나옵니다. 아카데미 시상식에서 주목을 받았지요. 그는 '명상', '사색'이라는 21세기 음악의 키워드를 선두에서 이끌고 있습니다. 잘 조탁된 구절을 반복하면서 자연을 담고 세계를 담습니다.

그의 음악은 만들었다기보다 그냥 흐르는 자연을 그대로 담은 듯합니다. 최첨단의 시대에 이 자연의 흐름을 담은 음악은 지친 현대인들을 어루만집니다. 더러는 '풍부한 서정 세계'라고도 하는데 나는 그의 음악에서 간절한 위로의 말을 듣습니다.

"괜찮아, 괜찮아, 좋아질 거야."

그래서 이 시대의 새로운 장르로 '네오 클래식'이란
이름을 얻기도 했지요. 그는 "자연 친화적인 음악으로
사람들을 위로한다"고 말했습니다. 오죽하면
세계수면학회가 세계 수면의 날을 기념하기 위해
에이나우디를 비롯한 네오 클래식 아티스트들의
음악을 묶은 음반을 출시했겠어요. 음악에서 특히
사람들은 평온과 명상을 찾는 게 아닐까요.
미소와 음악을 듣고 바라보고 느끼며 오늘도 영혼의
쉼터에서 이 난처한 몸을 쉬게 하고 있습니다. 미소와
음악에 감사합니다.

평화로움의 얼룩

완벽한 평화로움은 없는지 모릅니다. 그 안에 삶의
그늘이 언제나 섞여 있고 우리가 떨쳐버리려는 불안
또한 사라지는 것은 아니기에 평화로움 그 자체를
가지기는 심히 어려울지 모릅니다.

그러나 "그래, 아주 딱 이 정도만" 하는 평화는 존재할
수 있는 것이어서, 가족이나 친구 사이에 뭉친 마음이
풀리면 "그래 그래, 이 정도의 평화만 있어도…" 하는
것입니다.

그 정도의 평화에 오기까지 몇 개의 사막, 몇 개의 바다,
몇 개의 강을 건너는 기도가 얼마나 필요했겠어요.
눈뜨면 성호를 긋고 눈뜨면 고개를 숙이고 눈뜨면
무릎을 꿇고 "오늘도 평화"를 기도하지만, 거기까지
오기는 너무나 어렵고 힘들었습니다.

난 아직 평화를 모른다고 말하는 사람들이 많을
것입니다. 나도 그랬습니다. 나는 평화를 모른다고…
평화는 나와 상관없다고…. 언제나 근심이 쌓이고

언제나 고민에 뒤척이고 언제나 세찬 파도가 일고
언제나 폭우와 폭풍이 불며 언제나 온 세상이 나를 버린
것 같은 절망에 익숙하여, 평화가 무엇인지 그 얼굴과
체취조차 모른다고 우겼던 시절이 있었습니다. 그런데
평화는 오는 것이 아니라 느끼는 것이라는 사실을
나는 몰랐습니다. 나이는 나쁜 것이 아닙니다. 나이는
어떤 스승보다 스스로를 가르치기도 합니다. 내가
절망과 상처로 뒤범벅이던 시절에도 내 안에 평화가
있었습니다.
그런데 그 얼굴을 잘 바라보지 못한 것이지요.
그래서 없다고 잘라 말했던 것이지요. 평화라니? 큰
사치품이나 되는 듯 저는 그것에서 고개를 돌렸습니다.
눈뜬장님이었지요. 내 평화가 얼마나 서운했겠어요.
알아주지 않아 배고파 죽었는지 모를 일입니다. 그래서
내게 평화가 없었던 게 아닐까,라는 생각도 해봅니다.
요즘 나는 평화를 느낍니다. 지금이라고 절망이 없고
허무가 없고 두려움이 없겠어요. 그러나 평화를
느낍니다. 내가 평화를 부르고 있기 때문입니다. 평화를
부르니 평화가 왔습니다. 젊은 시절에는 평화가 없다고
울부짖었으나 평화를 부른 적은 없었습니다.
평화는 우울 옆으로, 절망 옆으로, 질병 옆으로, 우는
내 옆으로 왔습니다. 평화를 부르니 평화가 왔습니다.

평화는 언제나 있었지만 내가 느끼지 못했던 것입니다.
어느 새벽 나는 너무나 우울해서 노량진수산시장에 간
적이 있습니다. 꼭 먹고 싶거나 사고 싶은 게 있는 건
아니었습니다. 다만 살아 있는 모습을 보고 싶었습니다.
아주머니들이 펄펄 뛰는 생선들을 다루며 추위를 느낄
사이도 없이 바삐 움직이고 있었는데, 그중 두 손을
호호 불며 커피를 마시던 나이 든 여자분이 말했습니다.
"이 시간이 젤 평화롭다니까."
가장 바쁘고 고단한 시간에, 잠도 제대로 못 자고
노동으로 몸이 녹아내리는 시간에 그는 평화롭다고
말했습니다. 나는 성경 구절을 외듯 그 말을
발음해보았습니다. 새벽어둠이 사라졌습니다. 그때
빛이 터졌습니다. 그는 평화가 멀리 있지 않다고,
구겨진 채 꾸역꾸역 지탱하는 삶 안에서도 평화는
가능하다고 말했던 것입니다. 나는 멀었다고
생각했습니다. 시인이란 이름조차 그 여성에게 넘겨야
한다고 생각했습니다.

노동으로 몸이 녹아내리듯 힘겨울 때는 하느님을
원망하면서도 기도는 절박했던 기억이 납니다.
나는 요즘 평화를 느낍니다. 몸은 처량하고 나이는
무겁고 홀로 식사 준비를 하며 사람이 그립긴 하지만

평화를 느낍니다. 새로운 일이 아니라 마무리하려고
쌓아둔 일이 너무 많은데 일이 손에 잡히지 않아 덜렁
누우면서도 마음의 평화를 느낍니다.

그런데 이상한 현상이 일어났습니다. 평화를 느끼면서
나는 기도에 힘이 빠지는 것을 알았습니다. 사실 나는
삶이 절박했던 만큼 기도도 절박했습니다. 기도 아니면
죽을 것 같은 때도 많았습니다. 그러니 매달렸고
사무쳤습니다. 내 신앙은 먼지만도 못하니 40년
기도 생활이 풀풀 날다가 사라지는 것일까. 가슴이
아팠습니다. 그런데 평화를 느끼면서 몸이 가벼워지기
시작했습니다.

왜 살짝 고민에서 벗어나는 듯하면 기도에 힘이 빠지는
것일까요. 모든 걸 갈등 없이 받아들이기 때문일
것입니다. 그리고 살짝 고민에 밀리면 무릎을 꿇게
됩니다. 나도 계산을 합니다. 그래, 이 정도면 죄가
아닐 거야… 두 주일 미사를 빠트린 것은 죄가 아닐
거야. 아팠잖아… 이런 잔꾀를 부리며 요리조리 핑계를
대다가… 아닙니다, 잘못하였습니다 하고 다시 무릎을
꿇게 됩니다. 나이가 부끄럽습니다.

이것은 내가 약속한 자세가 아닙니다. 평화를 가질
자격은 그 소중함의 가치를 지속적으로 느끼는 데서
주어지는 것이 아닐까요. 나는 지금 진정한 평화에 대해 말할 자격이 있는 것일까요.

네, 나도 평화를 말할 자격이 있습니다. 평화를 느끼는
한 사람으로 당당히 자격을 받아야 합니다.

기도 말입니다. 생이 절박했으므로 기도는 늘 언제나
아침이나 저녁이나 절박했습니다. 물론 늘 통곡
같은 울음이 함께했습니다. 기도는 그런 것이라고
길들여졌습니다. 울지 않는 기도는 너무 빈약하다고
생각한 적도 있습니다.

나에게 평화가 왔습니다. 주님이 말씀하시네요. 언어
없이 울음으로 젖지 않아도 주님과 소통하게 되면 다
기도가 된다고… 그것이 진심이기만 하면 주님은 다
기도로 받아들이신다고…. 기도 때 요즘은 잘 울지
않습니다. 흐느끼지도 않습니다. 다만 마음의 눈을
뜨려고, 귀를 열려고 노력합니다.

다시 평화를 생각합니다.

나는 평화에 대해 말할 자격이 없는지 모릅니다.
평화에는 무엇보다 자기 안에 머무를 수 있는 인내심이
필요합니다. 자신에게, 자기 행위에 대해 판단이
자유로운 사람이 평화에 가까이 갈 수 있다고 합니다.
영성심리학자 안셀름 그륀은 평화를 자기 안에
들여놓으려면 '인내'가 가장 필요하다고 말합니다.

그리스어 인내hypomone에는 '밑에 남다', '무엇을
짊어지다', '견디다', '참다', '물러서지 않다'의 뜻이
담겨 있다고 합니다. 그리고 라틴어 인내patientia는
'고통'이라는 단어와 관련이 있다고 합니다. 모든 것을
참아내는 오디세우스가 인내의 모범이라는 것입니다.
점점 더 어려워집니다.

그리스어의 인내이건, 라틴어의 인내이건 결국은
견디는 것인데 나에겐 참으로 어려운 길이었습니다.
돌아보면 내 생의 절반 이상은 견디고 버티면서 살아온
것 같고, 또 그 절반은 도저히 견디지 못해 자기 밖으로
뛰쳐나온 것도 같습니다. 모두 괴로운 일이었고 고통 그
자체였습니다.
나이는 인내의 무게와 비슷합니다. 나는 견디고 고통을
안아주며 평화를 받아들입니다. 이 평화에 얼룩을
남기지 않도록 낮은 자세로 겸허히, 이 아름다운 자연을
바라보는 은혜에 감사하며 살아가야겠지요. 진심으로
감사합니다.

| 2장 | | 내 | 마음에게 | 미안합니다 |

미 치 고   흐 느 끼 고   견 디 고

내 결혼생활과 노후생활을 딱 세 마디로 줄인다면
'미치고', '흐느끼고', '견디고'라고 할 수 있습니다.

미치지 않으면 어디라도 갈 수가 없었어요. 미치는
것 또한 살아내는 방법이었거든요. 이것이 내 은밀한
연애예요. 깊은 방에서 흐느끼며 노래 부르는 것,
이것이 내 은밀한 연애지요. 밥을 먹을 때도, 강의를 할
때도, 친구들과 어울려 수다를 떨 때도 사실 안으로는
흐느낀 적이 많아요. 무표정으로 있는 모든 시간이 사실
나에겐 흐느끼고 있는 시간일 때가 많았습니다. 하물며
사람들과 웃으며 이야기한다든가 웃으며 사진을 찍을
때에도 흐느끼는 중이었다고 고백할 수 있습니다.
그 모든 일을 견디는 것, 그것이 내 인생의 과목이요
숙제였어요. 미쳐라, 흐느껴라, 견뎌라. 이것이 내
인생의 교훈이에요.
사실 이것도 없으면 나는 이 나이까지 살아내지 못했을

거예요. 이 세 가지가 내 보약이에요. 나를 살려내는
애무라고 생각하면 틀리지 않아요. 그래요. 애무예요.
내가 나를 사랑한 자위라고 생각하면 틀리지 않을
거예요.

지금은 새벽 다섯 시… 이제 노래도 끝나고 애무도
끝나고… 바이 바이. 나는 쓰러져요. 잠들어요. 그래요.
나는 죽어요.

제일 무서운 것이 불면이에요. 스무 날 계속 수면제를
먹은 적도 있었지만 지금은 달라요.

풀을 뽑아내듯이 복잡한 생각들을 뽑아내고 서운함을,
분노를, 억울함을, 오해를 뽑아내고 스님들의 방처럼
텅 비게 하느라 애쓰다 보면 어느 순간 어둠을 직시하며
시간을 보낼 때도 있습니다. 다음 날 죽어라 힘들지만
그런 날도 살아 있는 자에게 올 수 있는 시간이라고
생각합니다.

이런 긍정의 생각은 요즘 나에게 찾아온 새로운
사고방식입니다. 그래, 살아 있으니까 다 오는 것이야
하면서 그 생각들을 쓰다듬고 안아주다 보면, 나쁜 것이
온전히 사라지지는 않지만 조금은 소멸의 몸짓으로
나를 떠나는 것을 볼 수 있습니다. 아니, 느낍니다.
젊은 시절에는 이런 것들을 모조리 불행 속으로 던져

넣었습니다. 그것이 가장 편리한 계산 방식이었을 겁니다. 이것도, 저것도 다 불행의 연결이니 불행 속으로 무조건 밀어 넣어 불행의 탑을 만들고 불행의 터를 넓혔습니다.

빈곤, 외로움, 고단함, 불평등, 슬픔, 스트레스, 분노, 육체적 고통, 운명까지 모조리 불행의 항아리에 쏟아붓고 그 항아리를 망치로 깨부수고 싶었습니다. 당연히 '비교 불행'도 빠질 수 없었습니다. 나는 남들보다 못하다, 더 가능성이 없다는 생각에 억지로 스스로의 불행지수를 깎아내리며 괴로워했습니다.

조던 피터슨 토론토대학 교수는 『12가지 인생의 법칙』에서 비교는 타인이 아니라 자신과 하는 것이라고 지적했는데, 그 글을 보고 마음을 바꾼 적이 있습니다. 비교 대상을 바꾸라는 이야기인데, 그는 주변 상황을 탓하지 말고 책상부터 깨끗이 치우고 삶을 장기전으로 보지 말고 5분을 보라고 했습니다. 눈앞의 문제를 볼 수 있다면 어제보다 덜 불행해진 나를 볼 수 있다는 것이지요.

미치고 흐느끼고 견디며 산 내 인생에게도 오늘 상을 줍니다. 그래 잘 미쳤다, 잘 흐느꼈다, 잘 견뎠다. 이젠 웃고 비우고 또 웃어라 하고 나에게 귀띔합니다.

사실 내게는 트라우마가 있습니다. 지금도 가끔 "그
어려운 시절을 어떻게 견디셨어요?" 하고 전화나
인터뷰나 대화에서 남편에 대한 불행 타임을 더 캐려고
할 때, 나는 급속도로 그 젊은 시절로 퇴행하곤 합니다.
푸른 하늘이 잘 보이지 않습니다.

남에게 보이지 않으려는 내 안의 슬픔을 보자기로도,
플라스틱으로도 덮지 못합니다. 이것도 하나의
질병입니다. 말하자면 사회불안장애라고나 할까요.
사회불안장애 진단 기준에는 '자신의 행동이
부정적으로 평가되거나 혹은 불안이 남에게 노출될까
봐 두려워한다', '사회적 상황을 회피하거나 극도의
공포와 불안 상태로 견뎌낸다', '사회 상황에 대한 불안,
공포, 회피로 인해 정상적인 일상생활, 직업, 학업 또는
사회 활동에 심각한 장애와 고통을 유발한다' 등이
있습니다.

천근아 교수의 진단법을 보면, 나는 사회 활동에서는
애써 가리고 견디다가 밤에 비로소 혼자가 되면
두려움과 슬픔에 젖어 술을 마시고 노래를 부르고
미치게 되는지 모릅니다. 하지만 나이 때문인지 이제는
조금씩 그 트라우마에서 벗어나고 있다는 안정감이
느껴집니다.

주머니마다, 핸드백마다 묵주가 있습니다. 나의

지킴이입니다. 어느 모임이나 거리에서 불안이
느껴지면 그 묵주를 잡고 꼬옥 힘을 줍니다. 은은한
기쁨이 옵니다. 감사합니다.

우리 마음속에 지어 올리는 파라다이스

물건에 대해 어느 정도 관심이 있으신가요. 나는
작은 물건들을 좋아합니다. 그리고 예쁜 물건들을
좋아합니다. 아름다운 촛불을 좋아하고 만년필을
좋아하고 여러 나라의 종을 좋아합니다. 땡땡땡
종소리가 들리면 잠결에도 그 종이 어느 나라 종인지 알
것 같습니다.

여행 때는 그런 것들을 사는 일을 즐깁니다. 있는 것을
또 사니까 낭비라고 할지 모르지만 나는 기쁨을 사는
것입니다. 내가 사는 한 내가 즐겨야 할 기쁨 말입니다.
그런데 때로는 이것이 애착으로 끝나는 건 아닐까, 나
혼자만의 것으로 끝나는 건 아닐까 생각되기도 합니다.
40년이 넘는 세월이 지난, 그러니까 아주 오래전의
일입니다. 좋아하는 선배의 남편이 돌아가시고 그
이후의 일들을 도와드리고 있었습니다. 제일 흥미로운
것은 돌아가신 분의 유물을 정리하는 것이었습니다.
가까운 사이라 그런 일을 같이 하자고 한 것이겠지요.

그 집은 나보다 너무나 많이 잘사는 집이어서 유물에 더 흥미를 가졌던 것으로 기억합니다. 부자는 과연 무엇을 남기고 죽는가, 그리고 그 물건들은 어디로 갈 것인가 등등 호기심이 발동한 것은 참 부끄러운 일이었습니다. 과연 유물을 정리하다가 흥분을 가누지 못하고 아! 아! 하면서 감동을 자제할 수가 없었습니다. 몇 번이고 소리치고 싶은 감정을 억제하기 위해 헛기침을 해대곤 했지요.

내가 보기에 너무나 좋은, 내가 구경도 못 해본 명품들이 쏟아져 나왔습니다. 그림이며 조각 같은 큰 물건들은 이미 치워졌지만, 옷이며 가방이며 문방구며 만년필이며 장식품이며 고급 우산 등을 구경하느라 잠시 넋을 잃기도 했습니다. 남자가 이렇게 좋은 물건들을 이렇게나 많이 가지고 있었다니. 그땐 뭐 하는 것인지 모르는 물건들도 많았습니다. 직접 사거나 선물로 받고 그대로 둔 것들을 사용 한 번 안 하고 장롱 속에 넣어두었던 것입니다.

그런데 처음엔 호기심이 일고 구경하는 재미가 쏠쏠했지만, 이상하게 가슴 밑바닥에서 화가 치밀어 오르기 시작했습니다. 이런 물건들을 가난한 친구나 지인들에게 나눠주었더라면 그는 돈보다 사람을 훨씬 더 벌어 적어도 외로운 사람은 아니었을 거라는 생각이

들었습니다. 선배 말에 의하면 그는 늘 외롭다고 말했고
혼자 있기를 좋아했다고 합니다.

장롱 속에 죽어 지내던 물건들은 내가 보기에 어떤
사용가치도 없는 것이었습니다. 그리고 중요한 것은 그
물건들은 죽은 사람의 것이었습니다.

나는 선배가 만년필 하나라도 가지라고 할까 싶어 내내
조마조마했습니다. 지금보다 더 젊어서 그런 깔끔한
생각을 했는지도 모릅니다.

사람이 죽으면 물건도 같이 죽는다는 생각을 그때
했습니다. 조금 아까워도 살아서 그것을 나누는 순간
천국이 도래할 것입니다. 물론 나 자신도 그것을 철저히
지키지는 않습니다. 나도 미련한 인간이니까요.

그러나 내가 인색하게 느껴질 때 그 40여 년 전의 일을
생각합니다.

나누는 일은 생각보다 훨씬 많은 기쁨을 줍니다. 그래서
내 배를 줄이고 남을 배부르게 할 수 있는 능력은
없지만 작은 것이라도 할 수 있는 능력을 배우려고
노력합니다. 그 기쁨의 한량없는 무게를 알고 있기
때문입니다.

성경은 왼손이 하는 것을 오른손이 모르게 하라고
합니다. 왜 하느님은 이런 지독한 절제를 우리에게

요구하시는지 모르겠습니다.

좋은 일을 하는 것도 어려운데 그것을 자랑하지도
말라는 것은 좀 심한 것 아닌가요?

우리는 아주 작은 선행을 하고도 입이 근질근질합니다.
나는 좋은 일을 하는 사람이라고 세상에 퍼트리고 싶고
장한 사람이라는 칭찬과 존경을 받고 싶어 합니다.
그런데 받는 선행에 대해서는 인색하고 손을 떱니다.
내가 아는 사람 하나는 밥을 먹고 차를 마시면서
남이 돈을 내는 것은 별 의식이 없고 자신이 낼 때는
집이라도 팔아 산 것 같은 생색을 냅니다. 그리고 남이
사준 밥을 먹고 차를 마시고 거기다 손에 쥐여주는
선물이라도 있으면 행복해서 어쩔 줄 몰라 하며 많이
벌었다고 생각합니다. 그것이 정말로 번 것일까요.
내가 지갑을 열고 남을 기쁘게 하는 행복을 주었다면
그 지갑은 몇 배로 찬다는 것을 나는 믿습니다. 다시
말하지만 지갑을 여는 것은 다시 찬다는 믿음 때문이
아니라 그 순간의 기쁨 때문입니다.

그러다가 죽을 때 욕심이 아닌 기분 좋은 가벼움을 남길
수 있다면 그것이야말로 잘 산 인생이 아닐까요.
자주 잘 살고 싶다는 의욕을 가집니다. 무엇이 잘 사는
것인가? 나에게 질문을 던지면 나는 대답합니다.
가볍게, 가볍게 사는 것이라고요.

잘 늙어가려면 가벼워져야 합니다. 나한테 필요 없는, 내가 사용하지 않는 물건들을 장롱 속에 쟁여두었다가 나와 함께 죽어가도록 하지 않기를 바랍니다. 물건만이 아니라 마음도 그렇게 가벼워지기를 바랍니다. 말도 아끼지 말았으면 합니다.

그런데 요즘은 그 죽은 사람을 이해합니다. 사는 기쁨, 가진 것의 위로가 있을 것이기 때문입니다. 죽은 사람에 대한 나의 빈정거림에 사과합니다.

물건만이 아니라 마음도, 사랑도 나누는 삶이 되기를 오늘도 기도합니다. 그러나 나는 오늘도 욕망에 괴롭고 물건 앞에서 그것이 남의 손으로 건너갈까 봐 마음을 태우는 그런 여자입니다. 내가 가진 것은 없는 것 같고 남의 것은 왜 그리 좋아 보이는지. 역시 나는 내가 가진 소품보다 못한 사람이 아닐까 괴로워하면서, 그러나 다시 욕심에서 욕심으로… 가는 길목에 멀리서 성모님이 바라보시네요. 감사합니다.

내 마음에게 미안합니다

나는 '확신장애자'입니다. 과거의 기억도, 지금의
현실도 이렇다 저렇다 확신을 가지고 말하지 못하는
부분이 있습니다. 내 발로, 내 몸으로 걸어온 길을
분명한 언어로 말하기가 아주 어렵습니다. "그럴
것이다", "그런 것 같다" 하고 말할 뿐, 분명한 확신을
말하는 데 서툽니다.
머리가 우둔한 탓일까요? 아니면 열등감 탓일까요?
자신감 상실 탓일까요?
무엇 하나 딱 부러지게 답을 하지 못합니다. 자식을
사랑하는 것이야 확신이 있겠지만 한 여자로서 한
남자를 사랑하는 일에서도 "사랑했을 거야"로 표현하게
됩니다.
확신은 두렵고 너무 뾰족해서 빠져나갈 여유가 없으니
적당히 "그럴 것이다"로 비겁하게 화법을 이끌어
나가는 게 아닌지요.
누가 봐도 사과인데 "사과인 것 같아"라고 말하는 걸

웃고 지나가면 안 된다는 생각이 솟구칩니다.

그것은 비유법도 아닙니다. 시인이라 비유법에 능해 그렇게 말하는 게 아닙니다. 스스로를 봐도 비겁한 구석이 분명히 보입니다.

누가 "오늘 어디를 가보자"라고 할 때 "좋아" 아니면 "난 안 가"라고 말하면 좋은데 "그럼 가볼까?"라고 미지근하게 답하면 좀 답답한 일이 아닌지요. 그런 내 안을 들여다보고 싶은데 가능할까요?

팔순이 다 된 오늘 내 마음의 집에 며칠 머물고 싶습니다. 어쩌면 늘 마음 밖에서 살고 있었는지 모릅니다. 마음을 내 것으로 만들어가는 게 너무 힘들어서 살짝 마음 밖으로 빠져나와 살아가는 게 편하다고 생각했던 것일까요. 아니, 또 다른 마음들을 만들어 살지는 않았을까요? 제2의 마음, 제3의 마음⋯ 이렇게요.

너무 마음의 딴살림이 많아서 나 자신조차 분별 없이 내 마음인지, 네 마음인지, 세상 마음인지 모르고 살아왔는지 모를 일입니다. 자신감이 없을 때 타인을 따르는 순종의 마음같이 말입니다. 그러다가 모든 것이 내 마음같이 느껴지기도 하고 내 마음이 아닌 것 같기도 한 혼란을 겪으면서 마음을 혹사했는지도 모르지요.

내 마음에게 미안하고 미안합니다.

스티브 잡스의 말 중에서 "항상 무모하게 갈망하라"라는 말을 좋아합니다. 그것은 일상의 격조를 높이는 말이고 자신의 마음을 잘 다스리는 말이기도 할 것입니다. '무모하게'라는 말은 과격한 마음 탈출이 아니라 무한정의 꿈을 말하는 것입니다. '갈망'이란 말도 좋아합니다. 만약 갈망이 없다면 내가 가진 마음은 한 조각에 불과할 것입니다. 조각과 조각을 붙여 하나의 널빤지를 만들어내는 것이 갈망이 아닐는지요.

이 과정에서 세상에 하나의 널빤지, 하나의 의자, 하나의 꽃밭을 가지기 위해 내 마음을 괴롭혔을 것입니다. 연약하고 수줍음이 많은 성격을 뒤집어놓으려 한다든가, 일에 서툴러 방 안에 있고 싶은데 많은 사람들을 상대하게 한다든가, 앉아서 얻어먹고 싶은데 내가 직접 벌어야 한다든가, 게으른 성격인데 재빠르게 살아야 한다든가… 그래요, 늘 마음을 꼬집고 닦달하며 살아왔던 것입니다.

어디 나뿐일까요. 누구나 생명을 가진 자는 이런 곤혹스러움을 수용해야 하는 거지요. 식물과 동물이 혹한과 땡볕을 이겨내듯이 말입니다. 그간의 세월을 과격하게 살아내면서 스스로 내 삶에 좋은 일도, 잘못도 만들어냈을 것입니다. 마음을 직접 보긴 어렵지만 그

형상이 어떠한지는 상상이 됩니다.

이젠 다독거리며 마음의 본질에 충실히 따르며

살아가야겠다고 생각합니다.

견디는 무게가 사랑의 무게입니다
— 사랑하는 막내딸에게 주는 반성문

우리가 살아가는 사회질서에서 가장 먼저 지켜져야
하는 것은 아무래도 개인 존재의 의미일 것입니다.
제아무리 문화적, 사회적 만족도가 높다 해도 개인의
존재가 무시되고 그 존재의 의미가 압박당한다면
그것은 기본 질서가 망가진 형태일 것입니다.
거대 담론이 아니라 아주 작고 사소한 존재로부터
스스로의 만족이 있을 때 그것을 우리는 사회라고
부르며 가정이라고 부르기도 할 것이기 때문입니다.
결국 개인의 만족도와 기쁨, 이익이 중시될 때 우리는
행복이라는 단어를 떠올리게 될 것이기 때문입니다.

아주 오래전에 막내딸과 단둘이 산 적이 있습니다.
생각해보면 아무 문제가 없는 관계이지요. 사랑하는
막내와 살고 있으니 무슨 문제가 있겠는지요. 그러나
언제나 아주 사소한 말 한마디, 행동 하나가 마음 안에
큰 무늬를 만들어내는 것이 우리의 삶 아닌지요. 가끔

엇나갈 때가 있었습니다. 아주 작은 문제로 딸아이와
부딪칠 때가 있었습니다.

"중간 밸브를 또 잠그지 않았잖아."

아침에 출근하는 딸이 밸브를 잠그고 휙 현관문으로
가며 말했습니다. 목소리가 다정하게 들리지
않았습니다. 늘 가스 중간 밸브로 딸에게 주의를 받은
적이 많아서 나는 아무 대답도 못 했고 딸아이는 그냥
나가버렸습니다.

왜 딸아이 말이 맞는데도 나는 기분이 좋지 않았을까요.
감기 기운이 있는데 억지로 일어나 생과일주스를 갈아
화장대 앞까지 갖다준 수고에는 아무런 말 없이 밸브
문제만 지적하고 딸이 휑하니 나가버린 뒤 나는 정지된
상태로 한참을 서 있었습니다.

나이 때문인지 모릅니다. 이런 작은 문제로 마음을
다치고 우울해지고 갑자기 세상이 재미없어집니다.
생과일주스가 맛있다고 한마디 하고 나서 밸브 잠그는
걸 또 잊었네요 하고 애교스럽게 말하면 어디 덧나나?
옛날 어른들이 한심하게 내뱉는 말처럼 자식은
아무짝에도 소용없다고 생각할까 봐 욕실에 들어가
이를 벅벅 닦았습니다.

사실 누구나 자기 나름의 힘겨움이 있습니다. 막내는
회사 일로 여러 가지 해결되지 않는 어려움이 있었을

것입니다. 밤새 고민했을 수도 있습니다.

빨리 일어나 준비하고 회사 나가는 일도 벅찬데 엄마 마음을 헤아려달라는 엄마의 기분은 좀 과다한 것일 수 있습니다. 엄마와 딸이니까 어떻게 해도 상관없는 것은 절대로 아닙니다. 어쩌면 더 가까운 사이에서 우리는 아주 작은 문제로 마음을 다치고 상처를 받는 게 아닌지요. 엄마라는 이름을 가진 나도 그런 일을 잘 저지릅니다.

바로 오늘도요.

나는 딸에게 늘 한 수 깎아서 말을 합니다. "니가 그걸 했단 말이야"라든가 "너 하는 일이 늘 그렇지"라든가 "도무지 니가 하는 일이란" 하고 얕보는 말을 쉽게 흘립니다.

좀 변명을 하자면 나는 엄마니까, 그 아이를 사랑하니까, 내 딸이 잘되기를 바라니까 말은 그렇게 조금 내리깎아서 하는 것이라고 말하곤 합니다. 엄청난 모순이지요. 아무래도 내가 옛날 교육, 옛날 정서에 물들어 있는 것이 아닌가 생각되기도 합니다.

내 엄마도 그러셨거든요. 자기 물건은 "별거 아니다" 하고 자기 집은 "이 정도는 어디든 있다" 하고 자기 딸은 "못난이"라 하고 자기 자신은 "세상에 없는 빙신 축구"라 하셨습니다. 바보라는 뜻이지요.

그러나 그게 어디 가까운 사람들끼리 할 수 있는
것인가요. 막내와 나는 이 부분에서 늘 긴장감이
있습니다. 막내의 자존감을 다치게 하는 것입니다.
생각해보면 내가 잘못했습니다. 나쁜 엄마였습니다.
요즘은 딸에게 말조심을 합니다.

내 딸 지현이는 부정적이고 어두운 것을, 자신이나
상대를 깎아내리는 것을 싫어합니다. 무조건 밝고
긍정적이고 칭찬하고 활기를 불어넣는 것을 생활인의
기본 철학으로 생각합니다.

옛날 우리 어머니 세대에는 자식에게 "나가 죽어", "저
웬수 싹 없어지면 속이 다 시원하겠다"라고 해도 자식은
그게 거짓말인 걸 다 알고 헤헤 웃곤 했었습니다. 결코
집 나간 적이 없지요. 나가 죽는 아이도 없고 없어지는
경우 또한 없었습니다. 과장법이 곧 사랑으로 통용되던
시절, 욕은 오히려 끈끈한 애정의 타액 같은 요소를
지니기도 했습니다. 그러나 거기 머물러 있으면
되겠습니까? 시대와 세대는 너무 빠른 속도로 변해왔고
사실 나도 그 속도에 발맞추어 왔던 사람입니다.

긍정과 부정의 심리학을 강의하고 인간 내면의 진실과
허위를 강의하고 결핍, 외상, 장애, 갈등을 강의하면서
왜 내 딸의 심리적 아픔과 저항에는 눈을 뜨지 못한
걸까요? 나는 왜 딸에게 부정적인 편견을 가지고

있을까요. 어쩌면 젊은 날 무겁고 처절했던 생활의
무게를 왜 알아주지 않느냐고 데모라도 하는 걸까요.
나는 너에게 그런 말을 할 자격이 있다고 착각하는
걸까요. 나는 비릿한 지난날의 안개에서 벗어나지
못하고 있는 것 같습니다.

지현이는 긍정적인 사고에 관심이 많습니다. 우울해도
위로하지 않고 그렇게 앉아만 있으니 우울하지,
생각을 바꾸라고 잔소리하더니 긍정의 심리학에
관한 책을 사가지고 왔습니다. 딸이 먼저 읽고 나에게
내민 그 책은 부정적인 심리 상태를 사라지게 하고
긍정적인 정서에 대해 연구하고 개인의 강점과 미덕을
추구하여 행복한 삶으로 이끄는 활력을 만들어내라는
내용이었습니다.

그걸 내가 몰라! 다 알지만 우울하고 기분 나쁘고
딸의 모든 점이 마음에 안 들어서 하나하나 지적하고
야단치고 싶어 죽겠는 내 마음이 긍정의 심리학으로
해결될 것 같니? 그렇게 쏘아주고 싶었지만 그 책을
얌전히 읽었습니다.

지현이는 많은 책을 가져다줍니다. 바이올린을
만드는 영성가 마틴 슐레스케의 『가문비나무의 노래』,
『바이올린과 순례자』와 안셀름 그륀의 『황혼의 미학』도
읽으라고 가져다줬습니다. 나를 공부시키는 딸입니다.

특히 이 책들은 열 번을 읽어도 감동을 주는 아름답고 귀한 책들입니다. 고맙고 대견합니다.

가족이란 참 어려운 관계입니다. 가족과의 관계에서 성공하면 세상에 안 될 것이 없다고 했던 사람들도 알고 보면 가족과의 어려움을 이미 체험했기 때문일 것입니다.

가족이 행복하면 각자 하는 일도 잘 풀립니다. 어느 회사에서는 가정 행복 프로그램을 짜서 아내에게 편지를 쓰게 하고 아내를 회사에 모셔와서 대접하고 대화를 나누게 하는 등 한 달에 한 번 가족과의 행복을 회사 일과 병행하게 한다고 합니다. 가정이 행복하면 최선을 다해 노력하고 헌신하고 싶어지는 것은 당연한 일이니 그런 아이디어를 낸 것이라고 생각합니다.

기억 속에 잠재되어 습관화된 나의 무심한 말이나 행동과는 이제 작별을 해야 합니다. 자발성과 창조성으로 오늘을 의미 있게 살아가는 방법을 이 나이에도 다시 상기시켜야 할 것 같습니다.

내 탓이요 내 탓이요 내 큰 탓이로소이다.

나는 처절하게 기도합니다.

지현이가 결혼한 지도 10년이 넘었습니다. 남편과 멋지게 잘 살아가면서 요즘은 신학대학에 다니며

신학에 대한 여러 가지 내용을 내게 강의합니다. 그때
나는 행복합니다.

영세를 받은 지 50년이 되어가는데 성경도, 종교
이론도 무지합니다. 믿음이라는 두 글자를 가슴에 안고
살아온 것이 종교생활의 전부라고 해도 틀리지 않아요.
그런데 벅차고 감미롭고 충격적인 성경의 부분들을
막내로부터 듣곤 합니다.

젖먹이 막내가 요즘은 내 스승입니다. 엄마랍시고
감정의 자제 없이 막 풀어놓는 엄마의 말을 막내딸이여
용서하시라.

막내에게 주는 이 반성문을 쓰게 하신 성모님
감사합니다.

삶이 원하는 것은 무엇일까요

인간의 생각 속에는 높이와 넓이와 깊이가 있습니다.
이 세 가지의 삼각형 구조 관계를 어떻게 관리하고
이끌어가느냐에 따라 인간적 공간을 넓히고 그 공간이
인격의 상징이 될 수 있을 것입니다. 그것은 바로
인간의 바람직한 모양을 갖는 것이 아닐까요. 다시
말하면 자기를 키워가는 집이라고도 말할 수 있을
것입니다.

이 세 가지는 모두 보이지 않는 것입니다. 그러나
한계를 가진 신체에 비해 생각이나 정신은 무궁히
발전할 수 있는 것이므로 생각이나 정신을 어떻게
활용하느냐에 따라 인간의 만족도가 달라질 수 있을
것입니다. 그런 변화를 가지게 되면 한계가 존재하는
신체조차 발전의 확률이 높아집니다. 왜냐하면 인간의
생각은 내면화된 운동이기 때문입니다.

여러 가지가 있겠지만 '새로운 경험'이야말로 생각과
정신의 확장을 위해 공헌한다고 생각합니다. 가령

독서, 영화, 여행, 자연과 친하기, 친구 사귀기를 통해
피할 수 없는 인간의 고통을 공감으로 받아들이는
가운데 그 고통을 견디는 내적 힘도 거기서 솟아날 수
있을 것입니다.

산다는 것은 새로운 경험의 축적으로 그 경험 안에는
신비, 놀라움, 경탄, 감동, 전율 같은 것이 섞여 있어서
견디는 힘과 돌파력을 믿을 수 없을 만큼 높여줍니다.
인간은 흥미를 따릅니다. 인간은 자기 이익이 창출되는
목표를 따집니다. 이익의 창출에 흥미라는 애벌레가
꿈틀댑니다. 결국 그 애벌레를 날게 하고 결실을 맺는
것이 인간의 목표이지 않을까요.

문제는 그런 과정 속에서 인간은 불만족, 투덜거림,
지루함 그리고 치명적인 외로움을 느낀다는 것입니다.
행복감은 미꾸라지 같아서 잡으면 놓치는 경우가
많습니다. 행복은 미끄럽습니다.

행복은 미끄럽다
손가락 사이로 빠져나간다
빠져나가는 그 순간
행복은 내 손안에 있었다

'빠져나감'과 '손안에 있는' 것은 사실 느낌입니다.

111

빠져나가는 것에 비중을 두면 불행한 것이고 손안에
있었던 순간에 비중을 두면 행복한 것입니다. 문제는
'현재 없다'는 것인데 빠져나가는 것에 대한 상처를
돌보는 마음을 키우는 것이 '생각'일 것입니다. 한때
내 손안에 있었던 것을 생각하면서 그 상실의 상처를
돌보는 회복탄력성을 만들어내는 것이 중요하겠지요.
『옵션 B』의 저자 셰릴 샌드버그의 이론처럼 회복탄력성
개념에 귀를 기울이면 내 손안에 있었던 순간으로
되돌아오고 다시 새로운 출발의 힘을 지니게 된다고
생각합니다.

상처를 덮어버리려고만 하는 의식은 상처를
중첩시키고 키워가기만 하지만, 우리의 정신 속
어디엔가 씨앗처럼 존재하는 상상력과 흥미와
신바람을 즐기는 심성은 자기를 키워가는 힘의 내적
자산을 발휘시켜 높이와 넓이와 깊이를 통찰할 수 있게
해준다고 생각합니다.

결국 긍정의 힘이 아닐까요. 그것을 '생각의
줄기세포'라고 할 수 있겠지요. 그렇습니다. 그렇게
생각해봅니다. 감사합니다.

대모산을 홀로 오르다

우울증 약을 먹기 시작했습니다. 두렵고 떨렸지만 더는
미룰 수 없다는 주치의의 말을 듣게 되었기 때문입니다.
그리고 다음 해인 2000년, 남편이 눈을 감았습니다.
투병 24년에 50번 넘게 입원한 사람이었습니다.
주치의가 이제 해야 할 일은 이사를 하는 것이라고
부추겼습니다. 남편이 눈을 감은 강변 빌라에서 8년째
살고 있었던 것입니다.
두 시 아니면 세 시의 깜깜한 새벽, 아슴하게 한강에
불빛이 너울거렸습니다. 나는 자주 그 불빛 너울거리는
강으로 걸어가고 있는 자신을 발견하곤 했으며 수없이
그 강물 속으로 잠기는 것을 경험했습니다. 참으로
이상한 일이었습니다. 강이 나를 불렀고 때로는
반복적으로 그 소리가 들렸습니다.
"어서 와, 어서 와."
침대에 누웠는데 강물 속 같다는 생각이 들었습니다.
눈을 감기가 어려운 시간들이었습니다. 잠은 오지 않고

강물만 내게로 밀려왔습니다.

그래서였습니다. 주치의의 강력한 추천에 따라
나는 한강을 떠나 대모산이 있는 수서역 부근으로
이사했습니다. 내가 산 값보다 더 싸게 집을 팔고
드디어 강변을 떠나게 된 것입니다. 사람들은 경제적
파탄이라도 난 것처럼 이상하게 나를 바라보곤
했습니다. 왜 좋은 집을 두고 변두리 아파트로 가느냐고
말이지요.

주치의의 명령은 아침마다 대모산을 오르는
것이었습니다. 의사로서 책임을 진다는 각오로 그분은
이른 아침이면 전화를 했습니다.

"가실 거죠?"

그렇게 짧게 말하곤 전화를 끊었습니다. 그분은 알고
있었던 것입니다. 이대로 두면 안 된다는 확신이 있었던
것입니다.

솔직히 그때 나는 그분이 너무 싫었습니다. 거짓말로
아무렇지도 않다고 말하기도 했습니다. "새벽 등산이
필요합니다"라고 하면 미친 여자처럼 소리를 지르기도
했습니다.

"선생님이나 가요. 제발 나 좀 가만둬요."

미웠습니다. 그땐 차라리 죽게 내버려두는 것이 더
좋았습니다. 그러나 그분은 내 불쾌한 태도에도

아랑곳하지 않고 나를 다독였습니다.

"사모님, 제가 의사지만 그 약 오래 드시면 안 됩니다.
산에 올라가세요."

그것도 모자라 새벽에도 전화를 했습니다.

"가실 거죠?"

전화를 받지 않으면 몇 번이고 또 전화를 했습니다.
세상에 그런 의사가 어디에 있겠습니까. 곽동일이라는
그 의사 선생님은 20여 년이나 남편의 주치의였습니다.
그분은 20여 년이나 환자 옆을 지키는 나를 보면서
불쌍하다고 생각했을 것입니다. 그 상황을 가장 잘 아는
사람은 그분 한 분밖에 없었지요. 자식들이 어찌 그
상황을 알겠습니까. 남편이 때로는 그분 앞에서도 내게
행패를 부리고 따귀를 때린 적도 있었으니….
무릎을 꿇고 기도합니다. 곽동일 선생님의 명복을
빕니다. 그분의 헌신적 사랑 때문일까요. 가자, 가자,
가자. 한 번, 세 번, 열 번 새벽마다 산을 오르면서
이상하게도 감정의 변화가 일어나며 기쁨을 알게
되었습니다.

나른하고 세수도 하기 싫었던 나날들… 사람 만나기를
싫어했던 나날들…. 이상하게도 산에 오르면서
평화가 찾아왔습니다. 친구들과 지인들, 이웃들을
보면 어딘가 몸에 통증이 찾아오는데 산에 오를 때는

아무것도 걸리는 것이 없었습니다. 통증이 느껴지지
않는 세상을 만난 것입니다. 나는 기쁨을 찾았고 이르게
잠이 들었습니다. 내일 새벽 대모산에서 평화를 찾기
위해…. 새벽에 산을 오르면 수면제를 먹지 않아도 잠이
들었습니다. 그것은 거의 기적이었습니다.

대모산에서 내려와 수서역 옆에 있는 수서성당에 들러
기도하고 집으로 돌아가던 시절은 나에게 부활 같은 큰
은총의 시간들이었습니다.

그렇게 1년이 조금 지나자 지루하고 고문에 가까운
우울증 약을 끊을 수 있었습니다. 대모산이 나의 치유의
어머니, 치유의 성모님이 되었던 것입니다.

침대에서 눈을 뜨면 더 누워 있고 싶은 나와 나가야
한다는 나와 싸우다가 결국 일어서고야 말지요. 모자를
뒤집어쓰고 따뜻한 옷을 걸치고 물병과 가방을 챙겨
집을 나섭니다. 아파트 현관을 나서면 아슴한 푸른빛
어둠이 나를 반깁니다. 그래, 좋아. 그 푸른빛 어둠과
먼저 인사를 합니다. 고요한 아파트 정원을 지나고
사거리를 지나 대모산 입구의 계단을 오르면 이내
잠자리의 갈등은 사라지고 "그래, 너 잘했다 잘했어."
나를 칭찬하며 산길을 오릅니다. 집에서 대모산 입구
계단까지는 5분 정도 걸립니다.

한 사람, 두 사람 사람들이 나타나고 그때쯤 동쪽
하늘이 붉게 타오릅니다. 아아아… 나는 벅차오르는
감정에 노래를 부르며 기쁨의 성호를 긋습니다.
불그레한 하늘을 등지고 발길을 옮깁니다.

그때부터입니다. 나무들이 먼저 손을 내밉니다. "아,
오늘도 왔군. 잘했어." 잣나무, 소나무, 상수리나무,
밤나무, 오동나무, 도토리나무가 말을 걸어옵니다.
앞이 환합니다. 사람들이 보입니다. 그러나 사람보다
내가 보는 것은 나무들입니다. 대모산의 깔딱고개를
넘어서면 정상은 그리 멀지 않습니다. 작은 바위에 앉아
쉬기도 합니다.

멀리 동네를 바라볼 시간이 없습니다. 작고 큰 바위들과
나무에 붙은 주름살이끼며 아기들솔이끼가 너무 예뻐
아기 등처럼 쓰다듬어줍니다. 어떤 인연이기에 이끼는
푸르게 나뭇등걸이나 바위틈에 붙어 있는 것일까.
그것은 사랑이라기보다, 집착이라기보다, 서로서로
몸을 내주는 인연이라고 하자. 그런 생각을 하면서
나는 하나의 나무가 되기도 합니다. 산중에 홀로 자란
노란다발버섯도 귀엽고 아름답습니다.

너무 힘들어 집으로 돌아갈까 생각할 때쯤 산정에
오르면 그 상쾌함은 이루 다 말할 수가 없습니다. 숨이
차 헉헉거리며 산정에 올라 와와와 큰 소리를 치면

세상에서 내가 제일 잘난 사람 같습니다. 나는 먼저 저 멀리 보이는 수서성당의 십자가를 향해 성호를 긋고 감사기도를 드립니다. 등에 달고 온 작은 가방에서 사과와 커피를 꺼내 먹을 때는 세상의 행복이 다 내 것인 듯합니다. "감사합니다, 감사합니다." 어디서 그런 행복감과 만족감을 얻겠는지요. 가끔 친구와 가는 경우도 있는데 산정에서 그 친구가 가져온 와인을 종이컵에 따라 한 모금 마실 때 그 맛은 글로 쓰기도 아까운 행복의 맛입니다.

산은 내 눈물도, 울음도, 캄캄한 우울도 다 황홀감으로 변화시켜줍니다.

집에서 멀지 않은 산길을 오르는 것은 축복입니다. 산을 오르다 보면 계절을 가장 잘 느낍니다. 봄은 사람 사는 동네보다 산부터 먼저 깨웁니다. 몸이 극심하게 추운 2월에도 산에서는 봄을 느낄 수 있습니다. 산이 깨어나는 소리는 귀로 듣는 것이 아니라 가슴으로 듣습니다. 겨우내 우울했던 기분을 한꺼번에 날려버리는 봄소식… 바로 복수초의 노오란 얼굴입니다. 키 낮은 복수초는 다른 꽃들과 함께 피어 외면받을 것이 두려운가 봅니다. 겨우내 몸에 스스로 열을 내 언 땅을 뚫고 가장 먼저 산의 요정으로 피어나는 꽃을 보면 모든 시름을 다 잊게

됩니다. 쓰러진 지 오래된 듯한 나무에서조차 잎새가
세상을 향해 입술을 내밉니다. 그 순간 감탄을 누를
수가 없습니다. 진정 봄이 온 것입니다. 바람은 아직도
차갑고 발이 시린데 말입니다.

그렇게 그렇게 산을 가득 메운 새잎들과 여기저기
피어난 꽃들을 즐기다가 목수건을 풀고 윗옷을
열어젖히는 초여름에 접어들면, 나는 무성해진 잎들
속에 갇힌 듯 황홀감에 빠집니다. 나무 그늘에서
불어오는 산바람은 첫사랑만큼이나 달콤합니다.
팥배나무 흰 꽃들이 바람 따라 물결을 일으키는 걸 보면
어찌나 좋은지 모릅니다.

무슨 근심이 많아 잎은 붉게 물드는 것일까. 가을은 또
다른 황홀감을 줍니다. 여름 내내 그 무서운 폭풍도,
폭우도, 천둥도 다 견디고 열매를 맺게 했던 잎들이
이제 할 일을 다했는가. 한 번 붉게 가슴 터지게 웃고는
나무에서 떨어져 겨울을 나는 제 뿌리를 덮는 이불이
되려 하는가. 이렇게 제 할 일을 다하는 사람이면
좋겠습니다. 겨울은 깊은 침묵으로 고요히 봄을 만드는
살아 있는 계절입니다.

산에는 늘 사계절이 공존합니다. 봄, 여름, 가을
그리고 겨울. 삶도 마찬가지지요. 어느 인생이 봄만

있겠어요. 황홀한 봄과 충만하게 출렁이는 짙푸른
여름, 조금씩 단풍이 들고 나약해지는 것 같지만 결국엔
결실을 내어놓는 가을, 깊은 침묵으로 들어서면서
적막을 보여주지만 무모한 적막이 아니라 새로운
봄을 일구어내는 겨울…. 삶에서도 이 모든 흐름이
너울거립니다. 산은 바로 인생의 모든 과정을 담고 있는
또 하나의 지상의 신이라고 생각합니다.
외로움을 잊게 하고 내적 힘을 일구어주는 대모산.
나는 걷기만 하는데 내 몸은 천 평의 농작물을 거두는
풍요로운 농부가 됩니다.
아아, 산이여 나무여! 그대는 나의 치유의 스승, 나의
벗, 나의 어머니, 나의 기도, 영원히 곁을 지키는 나의
애인입니다. 감사합니다.

우 리 들 의   우 울 증 을   위 하 여

우울증이 있습니까?

그러면 내 친구가 될 수 있겠네요.

갑자기 사람들이 싫어져서 혼자 방 안에 처박혀

캄캄하게 있고 싶은 기분이 들 때 당신은 어떻게

합니까.

삶이 시들하고 사람들과의 관계조차 아무런 의미가

없게 느껴져 북적거리는 사람들로부터 멀리 떨어져

있고 싶을 때는 어떻게 합니까.

사람들과의 관계뿐만 아니라 하고 있는 일도 손에서

놓아버리고 어딘가로 떠나고 싶은 마음에 붙잡힐 때는

어떻게 합니까.

검불 같은, 먼지 같은 나 자신이 너무 무거워 후후 하고

불어버리고 싶을 때는 어떻게 합니까.

드디어 이 세상이라는 그릇에서 자신을 깨끗이

지워버리고 싶을 때는 어떻게 합니까.

어떻습니까. 캄캄하게 눈을 감고 있습니까. 사람들과

멀어져 홀로 있습니까.

모든 게 싫어서 자꾸만 지구 끝으로 걸어가고 있습니까.

자신을 지우려고 소지품을 정돈하고 있지는 않습니까.

약을 먹고 있는 중입니까. 병원에 가고 있는 중입니까.

자, 우리들의 우울증을 위하여 우리 손을 잡아요.

우리들의 우울증을 위하여 잔을 듭시다.

그리고 우리 함께 큰 소리를 내며 웃어봅시다.

우울증은 누구에게나 조금씩 있는 정신적 질병이라고

합니다. 당신과 나만 있는 것이 아니라 누구에게나

조금씩 있는 정신적 감기 같은 것이라고 생각하면 좋을

것입니다.

아름답게 차려입고 거리를 걷고 있는 저 여자도 우리와

같이 마음을 앓으며 우울한 여자입니다. 지금 막 우리

앞에서 고급 승용차에 몸을 싣는 저 여자도 어젯밤

잠을 이루지 못해 끝내 수면제를 입 안에 털어 넣은

여자입니다.

사무실 안에서 단정히 넥타이를 매고 흐트러짐 없는

몸매로 일하고 있는 저 남자도 우리와 같이 우울과

싸우는 사람입니다.

호화판 저택에서 고급 요리 앞에 포도주잔을 들고

있는 사람도, 내일 세계여행을 가기 위해 짐을 꾸리고

있는 사람도, 세상의 권력을 쥐고 호령하며 고급

차의 뒷자리에 등을 기대고 있는 사람도, 거리에서
좌판을 벌여놓고 굶주림과 절대 피로를 견디며 생존에
목을 걸고 있는 사람도, 새벽 세 시 아직 귀가하지
않고 포장마차에서 소주잔을 기울이고 있는 사람도,
백화점에서 한 달 생활비를 잊어버리고 마구 물건을
고르고 있는 여자도 모두 우리와 같이 우울증으로
마음을 앓는 사람들입니다.
모두가 우리와 조금도 다를 바 없거나 조금 다른
비슷비슷한 사람들이니 우리의 우울을 병으로
생각하지 맙시다.

생명은 늘 불안합니다. 생활도 늘 불안합니다. 미래는
더욱 불안합니다.
이런 연쇄적인 불안 속에서 누가 우울증을 앓지 않고
살아갈 수 있을까요. 거기다 우리는 지극히 고독합니다.
고독하다는 것은 고독이라는 단어가 지니고 있는
의미를 뛰어넘는 깊은 심연입니다.
우리는 가차 없이 거기 빠지고 그것이 곧 수렁이 되는
경우가 많습니다. 좀 더 젊을 때는 고독하지도 않은데
고독하다고 나팔을 불고 다닌 적도 있습니다. 지금은
말하지 못하고 말을 안 해서 깊이 고독합니다. 고독은
우리를 처량하게 합니다. 그러므로 우리는 고독을

이겨야 합니다. 내가 고독하다고 누가 손잡아주지도
않습니다.

고독은 고요하지만 총칼로 싸우는 전쟁처럼 피를
흘립니다. 얼마나 아픈지 고독으로 인해 마침내 죽음에
이르는 경우도 많습니다.

죽음이 삶보다 더 편할 거라고 생각될 때, 그래도 삶이
더 필요하다고 생각의 전환을 할 동기를 잡아야 합니다.
속내를 풀 친구를, 혹은 신부님, 수녀님을 찾거나,
그것도 아니면 혼자 노래라도 부르면 어떨까요.
일본에는 공중전화 같은 유료 고백소가 있는데
그곳에서 만 원이면 마음껏 말할 수 있습니다. 마음대로
혼자 욕하고 울부짖을 수 있습니다. 그러나 녹음은 되지
않아요. 미친 짓이라고 할 테지만 분명 효과는 있을
것입니다.

고독 속에서 고독의 노예가 되지 말아야 합니다.
참된 삶이란 보편적인 삶을 충실히 살아감으로써
자신의 개인적인 삶을 구해내는 것입니다. 우리가
살고 있는 하찮고 시시하고 볼품없는 보편적 생활을
귀하게 생각할 수 있는 용기야말로 바로 고독을 이기는
무기입니다.

인생이란 마음에 그리는 미래의 삶을 사는 것이

아닙니다. 우리가 있는 현재를 살아감으로써 진정한
미래의 삶에 도달할 수 있다는 믿음을 가지도록
노력해야 합니다.

우리는 모두 외롭고 억울하고 슬프고 눈물겨운
사람입니다.

다들 잘 살아가는데 나만 되는 일이 없다고 생각하는
사람입니다.

다들 세상에 필요한 사람인데 나는 아무짝에도
소용없다고 생각하는 사람입니다.

지금 당신의 현재를 가장 큰 재산으로 생각하세요.
그것은 시간입니다.

아무것도 없지만 시간만 있다면 우리는 노동을 통하여
수확을 거둘 수 있는 사람들입니다. 우리는 몸이라는
거대한 자산을 가진 사람들입니다. 뭐든 할 수 있는
천하의 자산을 가진 사람들입니다.

우리를 아낍시다. 이 세상 누구도 우리를 알아주지 않는
무관심을 경멸합시다. 그 무관심을 경멸하는 힘으로
일어납시다. 혼자 많이 가진 척하는 사람도 경멸합시다.
혼자 안 되는 일이 없는 것처럼 말하는 사람도
경멸합시다. 혼자 고독 따위는 쉽게 이겨낸다고 말하는
사람도 경멸합시다.

배가 고픈데 혼자 배부르다고 고기 주문을 막는 사람도

경멸합시다. 별장이 두 개나 되니 관리가 귀찮다고
심드렁하게 말하는 사람도 경멸합시다. 왜 만나는
남자마다 날 따라다니며 귀찮게 구는 거야!라고 말하는
여자도 경멸합시다. 돈이야 벌면 되지!라고 큰소리치는
여자도 경멸합시다.

우리가 경멸할 사람이 너무나 많겠지만 우선 이것만
미워해도 우리는 바쁜 걸음을 하게 될 것 같군요.

자, 우리의 우울을 위하여, 세상을 향하여 소리
지릅시다.

우리는 산다. 우리는 지금의 현재를 이긴다. 우리는
우리의 시간과 생명을 소중히 여긴다.

사치는 부리지 않겠다. 내 삶의 외진 그늘 한 조각을
사랑하겠다.

이 세상을 향해 외치며 우리의 존재를 알립시다.

어떤 남자가 친구들과 술을 마시고 밤늦게 집으로
돌아갑니다. 칼로리가 많은 술과 안주를 듬뿍 먹고
돌아가는 길인데 집 가까이 포장마차 앞에서 발을
멈춥니다. 갑자기 배가 고팠기 때문입니다. 남자는
왠지 쓸쓸하고 외롭고 자신이 더없이 작아 보입니다.
그는 허기를 메꾸기 위해 우동 한 그릇을 먹고
맙니다. 사실 배는 부르지만 이유 없이 허기를 느끼는

것입니다. 그것을 우리는 정서적 허기라고 부릅니다. 별로 행복한 일도, 별로 신통한 일도 생기지 않는 나날 속에서 가슴속에 생기는 허기는 우동으로 메꿀 수 없을 것입니다.

어떤 여자는 친구들과의 점심에서 수다를 떨며 맘껏 웃고 배불리 먹었습니다. 오랜만에 즐거웠는데 집으로 돌아가는 길이 왠지 소슬합니다. 섬에 혼자 있는 느낌, 다들 잘나가는데 혼자 뒤처진 느낌에 갑자기 허기를 느낍니다. 저녁밥을 많이 합니다. 너무 우울하고 식구들과 말도 하기 싫어집니다. 너무 많이 한 밥은 결국 이틀 후에 버리게 됩니다. 누렇게 뜬 밥과 함께 자신도 버리고 싶은 생각이 듭니다. 여자는 아무것도 없이 가난한 것 같은 생각에 시장에 가서 싸구려 물건과 옷을 사버립니다. 그러나 여자의 허기는 싸구려 옷이나 물건으로 메꾸지 못합니다.

결국 우리의 정서적 허기는 몸이 아니라 마음이 고픈 것입니다. 그 허기를 위해 가족들에게 편지를 적거나 밤늦게까지 서로 이야기를 나누면 어떨까요. 동네 산책을 하면 어떨까요. 아니면 하나를 정해 뭔가 배워보면 어떨까요. 그것도 아니라면 꽃 이름을 외우거나 식물 이름을 외우거나 일기라도 적어보면 어떨까요. 서툴지만 뭐라도 시작해보면 할 일이 생기지

않을까요. 자, 고개를 들어 보세요. 흰 구름이 푸른
하늘에 무엇인가 그려내고 있습니다. 아름답습니다.
이것은 무상으로 우리에게 준 선물입니다. 하루에도
몇 번 하늘을 보세요. 그러면 유령 허기는 슬슬 물러갈
것입니다.

물론 근본적인 외로움은 생명이 가지는 그늘이라
완전히 사라지지는 않을 것입니다. 그러나 중요한
것은 오늘 내가 살아 있으며 희망을 버리지 않았다는
사실입니다.

내가 좋아하는 독일 시인 릴케는 이렇게 말했습니다.

> 힘내라구! 밤에 헤어질 때 아주 좋은 이야기를
> 나누었을 때도 로댕은 곧잘 내게 이렇게 말했다.
> 그는 알고 있었던 것이다. 얼마나 이 말이 나에게
> 매일매일 필요한 말이었던가를.

「생각하는 사람」이라는 조각으로 유명한 로댕의 제자로
일할 때 릴케가 언제나 들었던 로댕의 말이라고 합니다.
생각해보세요. "힘내라구!"라는 말이 필요 없는 사람이
어디 있겠습니까. 어떻게 그 말이 젊은이들에게만
필요하겠습니까.

우울해하는 나의 친구들이여!

나와 우리의 새 삶을 위해 잔을 높이 듭시다.

자! 힘을 내라구!

감사합니다.

내 인생에 힘이 되어준 말들

나는 한국어, 즉 한국의 말과 글이 나를 오늘의 나로
성장시켰다고 자부합니다. 누구나 그렇듯 나는
모자라고 기우뚱거리고 나약했었지만 가족이나 사회적
관계에서 얻은 말과 글로 결핍되고 어긋나는 부분을
채우고 바로 세우며 내적 뼈를
굳혀왔다고 생각합니다.
고향의 거창여고에 들어간 봄, 숙명여대를 졸업하고
바로 고향으로 돌아온 장봉애 선생님이 계셨습니다.
서울에서 공부했다는 그 한마디에 그분을
우러러보았습니다. 첫 수업에 들어오셨을 때는 몸이 좀
떨렸습니다. 긴장했지요.
그분의 첫 말씀은 "여러분, 꿈을 가지세요"였습니다.
나는 손을 들고 물었지요.
"선생님 꿈이 뭡니까?"
"꿈이란 지금은 없지만 나중에 있게 만드는 것이
꿈입니다."

그야말로 충격적이었습니다. 없는 것을 있게 만드는
것이 있다면 기필코 나도 가져야겠다고 다짐했지요.
지금 생각해도 여운이 큽니다.

나는 고등학교 1학년 가을에 고향을 떠났습니다. 나의
사춘기는 공격적으로 시작되었습니다. 어머니의
폭력적인 권유로 부산에 있는 고등학교로 옮겨야 했기
때문입니다. 사실 나는 고향이 꼭 좋아서가 아니라
새로운, 낯선 곳에 대한 두려움 때문에 그대로 고향에
있고 싶었습니다. 고향은 내게 답답한 곳이었고
사랑스럽지 못했습니다. 부모도, 형제도 다 그랬습니다.
그러나 고향을 떠나면서 내 고향의 진면목을 알게
되었고 격렬하게 내 고향을 사랑하게 되었지요.

1959년 9월 첫날 첫 버스로 나를 부산 하숙집으로
보내면서 어머니는 이렇게 말씀하셨습니다.

"첫째 죽을 때까지 공부하고, 둘째 돈도 벌어라. 여자도
지가 번 돈이 필요하더라. 셋째 여자로서 행복하거라."
어머니는 나를 두고 잘 짜인 각본을 갖고 계셨던
것입니다.

부산에서 고등학교를 졸업한 뒤 서울에 있는 대학으로
진학했습니다. 서울이라는 거대한 도시는 나의 꿈을 더
혁신적으로 부풀게 했습니다.

그때 아버지의 전화를 받았습니다. 나의 서울살이를

지나치게 걱정하시는 아버지에게 물었습니다.

"제가 어떻게 살았으면 좋겠어요?"

"네 친구가 달자는 약속을 잘 지키는 사람이라고

말한다면 더 이상 다른 바람이 없겠다."

'약속'이란 말 하나가 내 안으로 스며들었고 그것은 내

갈비뼈 하나가 되었습니다. 그리고 지금 이 순간까지

나와 함께하고 있습니다. 약속은 인간됨의 중요한

성장 핵심입니다. 사회적 관계의 약속도 중요하지만

자신과의 약속은 바로 인생 자체의 가치를 만들어내기

때문입니다.

어머니는 자신의 인생에 희망이 없다고 판단하면서

딸들에 대한 기대가 거의 병적이었던 것으로

기억합니다.

내가 초등학생일 때는 6·25 전쟁 직후라서 평범한

소녀의 꿈조차 사치이던 시절이었습니다. 그 무렵에는

이런 속담이 유행했습니다. '오르지 못할 나무는

쳐다보지도 마라.'

어머니는 운동화를 사달라고 하면 이렇게

말씀하셨습니다.

"오르지 못할 나무는 쳐다도 보지 마라 안 카드나. 그런

생각도 하지 마라."

그런데 그런 어머니가 어느 순간부터 확 달라졌습니다.
어머니는 자기 주도권이 없는 아내와 며느리 역할에
딸을 많이 낳은 죄까지 겹쳐 시든 인생을 살면서
깨우치기 시작하신 거지요. 그래, 나는 끝났지만
딸들이라도 주도적인 여자로 살게 해야지. 그래서
어머니는 딸 다섯 명을 모두 고등학교 때부터 외지
도시로 보내 공부시켰습니다.

"세상에 오르지 못할 나무는 없다. 오르지 못할 나무는
더 많이 쳐다봐라. 쳐다보고 쳐다보고 또 쳐다보노라면
오르는 길이 있을 끼다. 그렇게 오르다가 떨어지면
정갱이에 피 흐르고 발가락도 다칠 수 있을 끼다.
그래도 오르고 또 오르면 그 나무는 니께 될 수 있을
끼란 말이다."

나는 어머니의 말씀을 가슴속에 들여놓았습니다. 항시
나와 함께 숨 쉬었지요. 오르지 못할 나무는 없다는
말씀이.

쳐다보라는 말은 상상에서 그치는 것이 아니라
사고하고 명상하고 숙고하라는 말씀이었습니다.
그렇게 한숨을 돌리고 도전이라는 줄 앞에 서면 오를 수
있는 힘이 자생할 것이라는 말씀이었습니다.

나는 참 많이도 나무를 쳐다보며 살았고 때론 오르고
때론 떨어지기도 했습니다. 어머니가 내 온몸에 새긴

'쳐다보라'와 '올라가라'는 내 서툴고 미약한 심성에 큰 지팡이가 되었습니다. 나는 30대에 인생의 큰 파경을 맞은 적이 있습니다. 내게 특히 관심과 애정을 쏟으신 어머니는 나보다 몇백 배 더 불행했고 나보다 더 슬퍼하셨습니다.

오래되었네요. 내 30대의 인생이 누더기처럼 펄럭이고 찢어지고 더 이상 미미한 가능성도, 희망도 보이지 않아 내일이라는 것을 모두 내려놓으려던 어느 날, 어머니가 병원으로 전화를 하셨습니다. 멀리서… 그래요, 아주 먼 저승 같은 곳에서 아득히 어머니 목소리가 들렸습니다.

"그래도… 그래도 니는 될 끼다."

딱 그 한마디였습니다. 그리고 전화는 끊어졌지만 어머니가 주저앉아 통곡하는 모습이 아른거렸습니다. 통곡 소리가 들리는 것만 같았습니다. '그래도 된다'라는 말을 다시 내 끓는 심장 속으로 들여놓았습니다.

'그래도'라는 말과 '된다'라는 말은 어떤 절벽이나 빙벽 앞에서조차 가능성을 저버리지 말라는 어머니의 당부였습니다. 그 한마디 말은 내 생의 지팡이가 되었고 나는 생의 가파른 언덕을 그 지팡이를 짚고 올랐습니다. 내 심장 속에는 지금도 그 말이 용솟음치고 있습니다.

대학 시절 김남조 선생님은 여신처럼 신비하고
아름다웠습니다. 그러나 매몰차게 할 말을 다 하는
무서운 선생님이셨지요. 대학 시절 나의 피는
끓었습니다. 그 피를 원고지에 받으면 시 몇백 편이
되었습니다. 줄줄 흘렸습니다. 선생님이 다음 주에 시를
한 편씩 가져오라고 하시면 나는 열 편씩 가져갔습니다.
그러자 선생님이 냉정하게 말씀하셨습니다.
"니가 천재냐?"
일주일에 어떻게 열 편을 쓸 수 있느냐는 것이었지요.
왜 못 써요! 백 편도 쓸 수 있는데…. 그러나 선생님은
내가 보는 앞에서 원고지에 좍좍 줄을 그으셨습니다.
결국 열 편에서 남은 것은 고작 두 줄이었습니다.
그래요, 그렇게 남은 두 줄은 나를 시인으로 등 떠민
선생님의 배려였지요.
선생님은 냉엄하게 말씀하셨습니다.
"다시 써와."
나는 그 말을 내 인생에 진저리 나게 받아들였습니다.
인생이란 '다시' 해야 할 일들이 차고 넘쳤습니다.
매일매일 '다시' 해야 할 것들뿐이었습니다.
그 말을 내 머릿속으로 고스란히 들여놓았습니다.
'다시'라는 말은 내 삶이 비틀거릴 때, 주저앉을
때 교묘하게 힘을 주었고 끝내 다시 일어서게

만들었습니다.

박목월 선생님은 대학 시절 '문학의 밤' 행사에서
자주 뵙고 졸업 후에 더 가까워진 분입니다. 원효로에
수없이 갔고 문학의 이론적 바탕을 배우기도 했습니다.
『현대문학』으로 재등단한 것도 박목월 선생님
덕이었습니다. 조금 가까워지면서 두려움이 풀렸는지
어느 날 나는 이런 질문을 했습니다.

"선생님 대표작은 「나그네」지요?"

당시에는 초중고와 대학의 어느 교과서에나 「나그네」가
실렸는데, 그것은 대단한 것이었습니다.

그럼, 그렇지… 그렇게 대답하실 줄 알았습니다. 그러나
선생님은 전혀 다른 말씀을 하셨습니다.

"아이다. 내 대표작은 오늘 밤에 쓸 끼다."

오늘 밤… 미래의 시간을 나는 배웠습니다. 대표작은
미래의 시간, 오늘 밤에 탄생할 것이라는 그분의 겸허한
말씀이 내 갈비뼈 하나가 되었습니다. 나에게 주어진
오늘 밤을 보약처럼 사용하는 밑바탕을 만들어주신
거지요.

박두진 선생님은 박사과정을 밟을 때 과목 하나를
들었는데 주로 안성 선생님 댁에서 강의가
이루어졌습니다. 가는 것이 조금 어려웠지만 가면
좋았습니다. 강의는 주로 '돌'에 대해서였는데, 어느 날

물속에 있는 돌을 직접 들어 올려 가져왔다는 이야기를
길게 하셨습니다. 그걸 직접 들고 오셨단 말인가요?
하고 물었을 때, 선생님이 하늘을 한 번 쳐다보고는
천천히 말씀하셨습니다.
"보이지 않는 마음도 들어 올리는 것이 시인인데 이
돌쯤은 들어 올려야지."
'들어 올린다'라는 말이 다시 내 갈비뼈 하나가
되었습니다. 결국 생도, 문학도 자기 두 팔로 들어
올리는 것이 아니겠는지요.
그 순간 내 생을, 그 생의 작은 추락들을, 그리고 여리고
가는 내 두 팔을 생각했지만 '들어 올린다'라는 말은
내 두 팔의 푸른 근육으로 출렁거렸습니다. 생은 늘
두 가지였습니다. 냅다 던져버리든가, 아니면 들어
올리든가. 나는 '들어 올리는' 것을 선택했습니다.
슬픔 밑에 깔려 죽는 사람이 있고 슬픔을 들어 올려
기쁨을 만드는 사람이 있습니다. 우리는 그 두 개 중
하나를 '내 길'로 정해야 하며 그 무거운 선택의 무게를
감당하며 사는 것이 인생이라고 생각합니다.
1977년 아무것도 모르는 나에게 영세를 주신 박귀훈
신부님의 "절대로 혼자가 아닙니다"라는 말씀도 내 뼈
중의 뼈입니다. 함께 계시는 분을 나는 믿습니다.

모든 분이 스승입니다.

아버지, 어머니, 장봉애 선생님, 김남조 선생님, 박목월 선생님, 박두진 선생님… 그 외에 나를 가르친 모든 선생님들과 선배님들, 내가 읽은 책들 또한 강력한 나의 스승이었습니다. 그분들이 해주신 말씀 한마디가 오늘의 나를 만들었습니다.

그리고 성모님이 나를 안아 키우셨습니다. 하루 24시간 내내 나를 떠나지 않는 유일한 분입니다. 넘치는 사랑을 받았습니다.

지금 이 순간, 가장 아름다운 말로 '함께'라는 말을 떠올립니다. 더 이상 기댈 곳이 없어 허둥대는 사람들이 많은 이 세상에서 '어깨'를 빌려주는 '함께'라는 말로 꽃을 피웠으면 좋겠습니다. 그리고 지금 심곡동에서 살고 있는 가족들을 생각하며 '영성적'이란 말을 붙여 '영성적 함께'라는 말을 하고 싶습니다. 생각만 해도, 바라보기만 해도 내 몸에서 자연스럽게 흐르는 사랑의 시냇물의 영성 소리를 나는 사랑합니다.

나를 오늘 80세까지 살아오게 하신 모든 분들은 나에게 행운을 주셨습니다. 감사합니다.

나의 첫 제자들

1992년 10년 강사 신세와 작별하고 드디어
평택대학교 조교수로 발령을 받았습니다. 당시에는
피어선대학교였습니다. 거기서 국문학과 야간부를
만든 것이었지요. 첫 강의는 분홍빛 노을이 하늘을 덮던
저녁 여섯 시, 지하 101호 강의실에서였습니다. 나도,
학생들도 긴장하며 떨고 있었습니다.

'야간'이라는 것이 조금 야릇하긴 했습니다. 학생들이나
나나 왠지 절망의 냄새가 묻어났습니다. 학생들은
지방대학의 야간부에 오기까지 여러 감정의 교차가
있었을 것이고 나는 서울에서 선생을 하지 못하고
평택까지 간 것이었으니까요.

그때의 학생들을 생각하면 지금도 가슴이 저릿합니다.
수업 시간은 약간 우울한 빛이 감돌아서 교무과에
부탁해 버스를 빌려 타고 아산만 바다며 안성으로
구경을 다녔습니다. 수업을 미루고 그렇게 다니는 것을
허락해준 학교 측에 정말 고마웠지요. 학생들은 처음엔

어색해했습니다. 그러나 차츰 변화하기 시작했습니다.
무슨 이야기라도 하라고 부추기면서 서로 마음을 열고
웃고 노래도 불렀습니다.

내가 먼저 마음을 열었습니다. 아픔과 고통의 주머니를
열자 학생들도 마음을 열었고 서로 얼굴 보며 웃는
사이로 변했습니다. 내가 김밥을 쏘기도 했지요.
졸업 후 그들을 만난 적이 있습니다. 나는 가슴이
아릿하게 저려왔습니다. 연주, 용근, 장근, 범근, 성규,
명현을 이렇게 만나는 데 20년이 더 걸렸습니다.
그동안 살아내느라 얼마나 바빴을까요. 졸업식 날 나는
학생들에게 말했습니다. "지방대학에 야간부라 졸업
후 취직이 어려울 수 있다. 자존심이 상하겠지. 하지만
가령 구두를 닦는다 치자. 그래도 내가 대학 졸업자인데
하고 거들먹거리며 얼렁뚱땅 구두를 닦는다면
너희들은 구두 하나도 못 닦는 사람이 될 거다. 하지만
최선을 다해 닦는 걸 보고 구두 주인이 수십 년 구두를
닦았지만 이렇게 성실히 닦는 사람은 처음 본다고
말한다면 너희들은 이 세상에 못 할 일이 없을 거다."
우리는 졸업식 날과 지난 시절의 추억들로 이야기꽃을
피웠는데 나는 내내 마음이 아프면서도 훈훈했습니다.
연주는 교수가 되고 범근이는 사장이 되고 명현이는
학교에 남고 용근이와 성규는 당당한 회사원이 되고,

데모에 앞장서는 말썽꾸러기였던 장근이는 뭐가 될까
싶었는데 자기 위치를 성실하게 구축한 멋진 남자가
되어 있었습니다. 모두 엄마, 아빠였습니다. 모두 남편,
아내였습니다. 이런 감동은 또 없었지요. 고맙다,
고마워. 나는 그들 앞에 절이라도 하고 싶었습니다.
내가 주례를 섰던 부부는 그날 나오지 못했지만
알토란처럼 잘 살고 있다 하니 가슴이 벅차고 만세를
부르고 싶었습니다.

만세! 만세! 이럴 때 만세를 부르지 언제 부르나! 나는
두 팔을 번쩍 올렸습니다. 한 잔씩 돌리는 막걸리에
행복했습니다. 기분 좋게 계산을 했습니다. 자기들이
내겠다고 아우성이었지만 그렇게 행복하게 밥값을
낸 건 처음이었지요. 빚을 내서라도 사고 싶은
밥이었습니다. 그들이 준 향 좋고 아름다운 꽃다발은
세월이 흘렀지만 여전히 내 마음에 남아 있습니다. 그들
마음의 향이 내 마음에 살아 있으니까요. 그 뒤로도
우리는 몇 번 더 만났습니다. 제자들은 이제 중년이
되어 자기 나름으로 고민도 있고 방황도 있을 것입니다.
선생이라고 하면서 조금도 도움이 못 되는 늙은이가
되어버렸으니 참 미안하고 안타깝고 그렇습니다.
때로는 보고 싶고 전화도 하고 싶지만 마음의 한 줄기
기도로 그들의 삶에 응원을 보냅니다. 너희들을 만나

참 행복했단다. 이 우주 안의 가장 질 좋은 행운이
너희들에게 가득 차기를… 마음을 다해 기도하며
감사합니다.

여 자 의 일 생 에 붙 는 명 칭 들

나는 '가시나'로 태어났습니다. 다섯째 딸로 태어난
탓에 "또 가시나야!"로 내 인생은 출발했습니다.
딸 부잣집 다섯째 가시나에서 소녀로, 여학생에서
아가씨로, 다시 이름도 우쭐한 여대생이
되었습니다. 처녀에서 드디어 여자가 되었고 어느 날
여류시인이라는 말에서, 신부라는 황홀한 이름에서
아내가, 엄마가 되었습니다. 그리고 무거운 이름,
며느리가 되기도 했습니다. 물론 주부라는 명예도
얻었습니다. 이름 따라 역할이 다 달랐지만 역할 이해가
되지 않은 여자의 일생은 막막했습니다. 집안이 내
손에 달렸지만 실세는 아니었습니다. 시어머님이
계셨기 때문입니다. 이모, 고모라는 명칭도 있었습니다.
새언니라는 이름도 저절로 붙었습니다. 어느 것 하나
가벼운 이름은 아니었습니다. 안사람에서 집사람이
되었고 집 식구, 처가 되었습니다. 더러는 여편네가
되기도 했습니다.

더 힘 있는 말은 아줌마였습니다. 여자, 엄마, 아내,
며느리를 다 합친 것보다 무게가 더 나가는 아줌마
말입니다. 거기에 한국의 아줌마라고 하면 더 힘이 붙고
무게가 나갑니다.

시대가 달라지면서 '여성'이라는 말에 힘이 실리게
되었습니다. 여류시인이라는 말이 사라지고
여성시인이 되었습니다. 여교수, 여성 회원, 여성
이사가 되었고 드디어 시인협회 회장도 되었습니다.
시간이 흐르자 장모님이 되었고 이젠 할머니가
되었습니다.

이 이름들을 살아내느라 진땀이 났습니다.
김연아처럼, 박지성처럼 넘어지면서 일어나는 것이
생활이었습니다. 그 어느 것도 쉬운 이름이 없었습니다.
그 어느 것도 벗을 수 없는 이름이었습니다. 금메달은
없었습니다. 그러나 금메달은 반드시 받게 될 것입니다.
내가 내 목에 걸어줄 테니까요.

가시나로 살 때는 편했을까요. 세 살 어린 남동생과의
차별 때문에 힘들었습니다. 늘 좋은 것은 동생
차례였습니다. 나는 언제나 양보했습니다. 엄마의
희망을 내가 미워할 수는 없었기 때문입니다. 그
놀기 좋아하던 대학 시절 남동생한테 밥을 해먹이며

자취를 했습니다. 반찬은 뭘 했냐며 엄마가 하루 두 통씩 자취집으로 전화를 해댔습니다. 딸이라는 이름은 평생을 따라다녔습니다. 늘 약자였습니다. 계집애 소리는 서울 사람들이 했습니다. 왠지 근사한 이름 같았습니다. 사근사근했습니다. 그러나 늘 고민에 빠져 있었고 열등감이 깊었습니다. 여대생이라는 말도 아름다웠습니다. 사과 향이 났습니다. 아가씨라는 말도 서울 사람들이 불렀습니다. 그 또한 향수 냄새가 났습니다. 그러나 어떻게 살아야 할지 몰라 방황하며 괴로웠습니다. 그리고 처녀라는 말은 농도가 깊었습니다. 몸이 근질근질했습니다. 이 명칭은 시한부입니다. 그래서 즐겨야 하는데 고민만 하다 그 기회를 다 놓쳐버렸습니다. 여류시인이라는 말에는 더 무거운 표정 관리가 필요했습니다. 대학 졸업반 때의 일입니다. 아마도 가슴이 뛰고 향이 배어나는 시간은 여기까지인지 모릅니다. 나는 아내가 되었고 며느리가 되었고 엄마가 되었습니다. 한 가정의 주부가 된다는 것은 이제부터 언덕에 오른다는 뜻입니다. 아니, 태산을 맨발로 오른다는 뜻입니다.

많은 명칭을 살았지만 가장 힘겨운 것은 그래도 '엄마'였습니다. 그것은 도무지 일류가 될 수가 없었습니다. 늘 미안하고 늘 고마운, 그러나

내게 사랑의 깊은 의미를 뼛속 깊이 느끼게 해준
이름이었습니다. 아내, 안사람, 집사람은 어떤
것이었을까요? 여자로서 그래도 한번은 들어봐야
한다고 생각한 이름도 아늑한 '아내'라는 명칭은
대가를 너무 많이 치러야 했습니다. 사랑을 받는
것보다 억지 사랑까지 다 쏟아부어야 하는 아내라는
말을 나는 이미 졸업했습니다. 20년 넘게 환자였던
그에게 너무 잘했다고 큰소리쳤지만 아니었습니다.
나는 탄식만 했지 그를 사랑하지 못했는지 모릅니다.
내가 손해만 본다고 느낀 남편과의 사랑에는 못 해준
것이 많다는 생각을 지금에야 합니다. 너무 힘겨운
것이 엄마였고 아내였지만 이 두 가지의 명칭 때문에
좀 더 잘 살아봐야겠다고 두 손목을 아침마다 쥐었는지
모릅니다. 나는 지금 그 두 개의 명칭에 감사하고
고개를 숙입니다. 날마다 기도하게 하는 이름들입니다.
그러나 정작 가장 좋다고 느끼는 것은 '할머니'라는
이름입니다.
많은 것을 내려놓고 안 되는 것은 포기하고 남들을
존경하고 낮게 낮게 감사할 줄 아는 이 나이가
좋습니다. 하느님이 너무 착하게 살았다고 20대로
돌려준다고 하면 아이구, 아닙니다 하며 거절할
것입니다. 혼자 외로운 아침도, 저녁도 좋습니다.

그리고 손주들에 대한 나의 짝사랑은 무르익었습니다.
손주들은 이미 대학을 졸업했습니다. 내가 그리워하는
만큼 그들에게서 오는 것은 너무 미약하지만 그래도
손주들을 생각하면 가슴이 저릿합니다. 분명히
짝사랑이 맞는데도 나는 지금 느긋합니다. 행복한
할머니입니다.
'장모님'이란 말도 좋습니다. 어느 정도 거리감이
있지만, 사위들은 내 부족한 구석들을 채워주면서
성실하게 살아가는 고마운 사람들이지요.

여자로서 세상을 바꾸는 힘은 내게 없지만, 여기까지
살아온 힘으로 아마 세상을 들 수도 있을 것입니다.
여자에게 붙는 많은 명칭만큼 여자는 힘이 센 것
아닌가요.
나는 지금 또 하나의 이름으로 살고 있습니다.
'노인'입니다. 객관적인 이름이지만 진정 나는 노인이
아니라 '어른'으로 살고 싶습니다.
그것은 인간이 되어 있어야 한다는 뜻이지요. 나는
오늘도 노인으로 살 것인가, 어른으로 살 것인가를
고민하고 노력합니다. 내 생에 함께했던 많은
명칭들에게 감사합니다. 다시 감사합니다.

우리의 소중한 자산

10년도 훨씬 지난 이야기입니다. 인생에서 딱 한 번
해볼 수 있는 작별, 나이가 들어 직장을 물러나는
이야기인데요. 갈수록 커지는 작별의 기억입니다.
사람들은 이상해요. 자신이 가지고 있는 것에 대해서는
늘 관심이 없습니다. 가지지 않은 것에 대해서는 늘
애석해하면서요. 나도 그런 사람 가운데 하나입니다.
가지고 있는 것에는 무감각할 정도로 덤덤하고 내 것이
아닌 것에 대해서는 나에게 없다는 것을 강조합니다.
가령 나는 딸만 있어서… 나는 아들만 있어서…
불행하다고 단정하려 합니다. 그렇게 단정하니까
불행해지는 것이 아닐까요?
어느 날 연구실 정리를 했습니다. 17년간의 교직 생활을
끝내는 정년을 맞아 연구실을 비워주어야만 했거든요.
가장 어렵고 귀찮은 일은 책을 정리하는 일이었습니다.
책을 옮기는 것도 쉽지 않아 학생들에게 조금씩
나누어주기도 했습니다. 그러기 위해선 중요한 책을

고르고 반드시 가져가야 할 책을 다시 고르는 작업을
해야만 합니다. 귀찮지만 어차피 해야 할 일이었지요.
그러다가 잠시 남자 교수들의 얘기가 생각났습니다.
퇴직하면서 책 속에 숨겨두었던 비상금을 찾느라 종일
책과 씨름했다는 이야기를 듣고는 얼마나 웃었는지
모릅니다. 그리고 생각지도 않았던 수표 몇 장을 책
속에서 찾고는 헤어진 애인이나 돌아가신 어머니를
만난 듯 눈물 날 지경으로 반가웠다는 이야기를
생각하니 쓸쓸한 웃음이 나왔습니다.
내가 책 속에 비상금을 숨겨두었을 리는 없었지요.
그런데 이상하게 기억은 없어도 책 속에 수표 몇 장이
잠자고 있을지도 모른다는 생각이 들었습니다. 그럴
수도 있는 것 아니겠어요. 겨울 코트를 다시 꺼내
입었을 때 주머니에서 만 원짜리 지폐를 발견하듯이
말입니다.
어차피 해야 할 일에 재미를 합쳐 책을 뒤적이고
털어보기도 하면서 책을 골라 나갔습니다. 생각지도
않게 책 속에서 친구들의 전화번호도 나오고 밥을
먹거나 옷을 사고 받은 영수증도 나왔습니다. 갑자기
무슨 번뜩이는 생각이 떠올랐는지 시구절의 메모도
발견했지요. 그러나 가장 놀라운 것은 내 생의 잊었던
한 부분을 복원시키는 어떤 편지였습니다.

어느 시집을 뒤적이다가 발견한 그것은 너무나도
오래된 남편의 편지였습니다. 나는 놀라서 가슴이
두근거렸습니다.

왜 그 편지가 시집에 들어 있었는지는 기억에 없습니다.
우리는 은평구에서 20년을 살다가 한강이 보이는
강변으로 이사했을 때 집 문제로 크게 다투었는데
그후에 남편이 미안하다고 쓴 편지였습니다. 그 편지를
쓰고 7년쯤 더 살다가 남편은 먼 곳으로 가버렸지요.
편지의 내용은 따뜻했습니다. 다시는 싸우지 말자는
것과 미안하다는 말을 세 번이나 썼습니다. 물론 우리는
그후에도 싸우면서 살았지만 이 세상에 없는 남편의
편지를 읽고 또 읽으며 나는 남편에게 미안하다는 말을
소리 내어 하고 있었습니다. 결코 내게 미안하다는
말을 안 한 사람이었는데 그 편지에서는 그 말을 쉽게
했더라고요. 미안했습니다. 결국 이 세상을 떠날
사람에게 나는 왜 더 살갑게 해주지 못했을까. 왜
남편이 내게 해주지 못한 것만 늘 생각했던 것일까.
왜 나는 늘 나만 잘했고 그는 잘못했다고 말하며 살았던
것일까요. 남편의 이런 마음을 잊어버리고 해주지 못한
부분만을 키우면서 투덜댔던 것일까요.

사실은 우리가 가진 것이 생각보다 많을지 모릅니다.

좋은 것은 잊어버리고 나쁜 것만 기억하고 있어서
만족보다 불만이 더 큰 것일지 모릅니다.

집 안 구석구석을 정리하다 보면 내가 잊어버렸던
소중한 것들이 나오는 경우가 있습니다. 자기 것도
제대로 즐기지 못하면서 없다고만 하는 것은 아닐까요.
자기 것은 잊어버리고 새것만을 추종하며 나는
가난하다고 하는 것은 아닐까요.

우리에게도 찾으면 많은 것이 있다는 것을 알 수
있습니다. 나는 입학생들에게 자기 것으로 생각되는
것을 모조리 시험지에 적어 내라고 과제를 낸 적이
있었습니다. 처음엔 다들 당황했지요. 무슨 소리인지
모르는 학생도 있었습니다. 그러나 서서히 학생들은
나의 질문을 이해하기 시작했습니다.

어머니, 아버지, 형제, 친구, 고향, 학교, 좋아하는
운동선수, 좋아하는 책, 가방, 지갑, 추억, 꿈과 희망…
학생들은 그렇게 적고는 이구동성으로 이렇게 끝을
맺었지요.

'나도 이렇게 적고 보니 가진 것이 많은 사람입니다.'
우선 내가 가진 것의 소중함을 알아야 우리가 생각하는
꿈과 희망을 이룰 수 있습니다. 내가 가진 것을
얕보면서는 결코 장래를 밝게 바라볼 수 없습니다.
지금 내가 가진 여건과 현실을 사랑할 줄 알아야 우리의

희망도 우리를 알아봅니다. 이렇게 말하며 나는 강의를
마쳤습니다.

정년을 맞아 마지막 정리를 하는 내 마음의 그늘을
밝혀주기 위해 남편의 편지는 꿋꿋하게 걸어서 가장
외로운 시간에 내게로 온 것일지 모릅니다. 누구보다
어렵게 50세에 겨우 교수가 되어 잠도 설치고 다녔던
학교를 그만두는데 그래 얼마나 마음이 복잡하겠니?
하면서 남편의 편지는 "미안해"라는 말을 전하러 온
것일지 모릅니다.
내가 가진 것을 좀 더 대접하고 아끼노라면 불평도
적어지고 따뜻해지고 오늘 이 시간을 사랑하며 살 수
있지 않을까요. 나의 모든 인연에게 미안하다고 하고
싶은 날입니다. 감사합니다.

'차라리'와 '그래도'

후배 하나를 만나 저녁을 먹었습니다. 와인도
따라왔지요. 우리는 "좋은 저녁이야"를 연발하며
분위기 좋게 시작했습니다. 그런데 후배가 와인 두
잔을 마시면서 이야기가 길어지더니 벌떡 일어나고
싶을 정도로 지루하게 엇나가기 시작했습니다. 좋은
시간은 좋은 대화가 핵심입니다. 좋은 시간은 주어지는
것이 아니라 만들어야 한다는 것을 그는 모르고 있는
것 같았습니다. 그의 말을 잇는 연결고리 중 '차라리'는
몇 차례나 한숨으로 이어지고 있었습니다. "차라리 안
하고 말지!" "차라리 돌아서고 말지!" "차라리 헤어지고
말지!" 인내를 시험하듯 '차라리'라는 말로 나를
피곤하게 만들었습니다. 밥 먹다가 일어서지도 못하고
나는 최대한의 인내심을 가지고 웃으며 말했습니다.
"'차라리'를 '그래도'로 바꿔봐. 그럼 네 기분이 변하고
생각도, 행동도, 지금 이야기도 조금 변화되지 않겠니?
네가 말하는 차라리 강에 나도 함께 휩쓸려가는 것

같아 몸을 움츠리게 돼. 너 힘든 거 알지만 차라리里보다
그래도島가 훨씬 경치 좋을 것 같지 않니?"
너무 엉뚱했는지 후배가 강의하냐고 대뜸 얼굴을
치켜들다가 이내 얼굴을 숙였습니다. 이 후배는 매사에
부정적인 면이 있었습니다. 점심을 먹다가 갑자기
얼굴을 찌푸리며 "저녁은 또 뭘 먹어!" 해서 앞사람까지
우울의 강에 푹 빠지게 한 적도 있었지요.
"언니, 미안해요. 요즘 제가 너무 우울해서요."
후배의 '차라리' 강은 내가 너무나 잘 알고 너무나 많이
건너온 강입니다. 그러나 내가 더 많이 건너온 강은
'그래도' 강입니다. 내가 수천 번도 넘은 강이고 또한
누구나 건너오고 건너가고 있는 강입니다. 김승희
시인이 「그래도라는 섬이 있다」라는 시에서 '그래도'의
의미를 너무나 잘 그린 바 있지요.

가장 낮은 곳에 / 젖은 낙엽보다 더 낮은
곳에 / 그래도라는 섬이 있다 / 그래도 살아가는
사람들 /그래도 사랑의 불을 꺼트리지 않는
사람들….

늘 '뭣 때문에'라고 소리치면서, 그래서 '차라리'를
연발하면서도 결국 내가 찾은 생의 가장 빛나는

공간은 '그래도'였습니다. 차라리는 '뭣 때문에'이지만 그래도는 '그럼에도 불구하고'라는 거대한 출발이자 희망의 발견입니다. '그래도'는 생의 높이뛰기이자 장애물넘기이자 멀리뛰기라고 할 수 있습니다.

나는 후배에게 미안하다고 말했습니다. 후배의 도발적인 말과 행동 밑에 깔려 있는 불쌍한 욕구를 내가 읽어내지 못해 선배로서 짜증을 낸 것이니 미안하다고 한 것입니다. 밥상 앞에서 우리는 침묵했고, 우리는 똑같이 자신의 문제를 너무나 잘 알고 스스로 달래는 데 선수가 되어 있어서 절반 남은 밥은 웃으며 먹을 수 있었습니다.

나이가 들어서인지, 정신이 약해져가는 것인지 젊은 시절의 고통들이 불끈 일어서서 나를 숨 막히게 하는 경우가 있는데, 그래도 두 발에 꼿꼿이 힘을 주면서 스스로 서려고 노력하고 있습니다. 조금 둔감하게 살아야 할지 모릅니다. 누구에게나 절망의 시기가 있지만, 후배의 진한 우울을 모르지 않지만, 그 절망을 이기는 것이야말로 '사는 힘'이라고 생각합니다. 그것이 사랑이며 위안이며 자신을 지키는 복원력이 될 것이기에 말입니다.

후배는 그날 특히 힘들었던 모양입니다. 언젠가는 저녁을 먹던 중 울컥 소리 내어 울다가 갑자기 웃으며

"괜찮아요" 하더니 별다른 표정 없이 저녁을 다
먹은 날도 있었습니다. 나는 아무 말 없이 어깨만
다독여주었습니다.

후배나 나나 약간의 정신병을 가지고 있습니다. 다만
제정신으로 돌아오는 힘이 아직은 살아 있다는 것을,
그래서 두 발에 힘을 주고 있다는 것을 압니다.
'차라리'의 강에서 '그래도'의 강으로 뛰어넘을 수
있는 힘은 바로 우리의 기도임을 나는 또한 압니다.
그 후배도 기도는 쉼이 없다고 말한 적이 있었지요.
그렇습니다. 기도는 결국 가정의 힘으로, 가족의
힘으로, 끝내는 사랑의 힘으로 건너는 것이 아닐까요.
감사합니다.

| 3장 | | 인생이 | 무엇이냐고 | 물었다 |

사 과 한 알 속 에 태 양 이 있 다

어느 모임에서 어떤 분이 말했습니다. "봄도 다 갔다."
3월 초 맵싸한 바람이 부는 날이었는데 말입니다. "곧
덥다고 냉면집 앞에 줄을 설 거야." 아무리 그래도
너무 심하지 않나요. 지난해 9월에 막 들어섰을 때는
"아, 올해도 다 갔다"라고 하는 사람을 보았습니다.
아직 거의 절반이 남았는데 어떻게 한 해가 다 갔다는
말인가요. 이런 경우 어처구니가 없다고 해야 하지
않을까요. 우리나라 사람들은 말로 시간을 너무
폭력적으로 당겨버립니다. 자신을 과거나 미래에 두길
좋아하고 현재를 잃어버리는 사람들이 많습니다.
현실이 고통스러워 그런 것일까요. 이상적인 상상
세계에 빠져 있는 것일까요. 내 친구 하나는 오후 일곱
시만 되면 "오늘 하루도 다 갔다"라고 말하고 어느
후배는 50세인데 팔순이 다 되어간다고 늘 노래처럼
말합니다. 특히 아직도 햇살이 남아 있는데 하루가 싹
가버렸다고 말하는 것이 가장 짜증스럽습니다.

"조금 넉넉하게 살아. 왜 그렇게 인색하게 굴어" 하고
말해줘도 그렇게 시간을 잡아당깁니다. 그렇지 않아도
잡아당긴 듯이 시간이 가고 있는데 말입니다. 아니,
앞으로 다섯 시간이나 남았는데 하루가 다 갔다니?
다섯 시간이면 역사를 바꾸지는 못하더라도 시인은
명작 하나를, 화가는 명작의 밑그림을 그릴 수도 있는
시간입니다.

불교에는 '일일일야一日一夜 만생만사萬生萬死'라는 말이
있습니다. 하루 낮, 하룻밤에도 만 번 태어나고 만
번 죽는다. 이 순간을 최선을 다해 살아야 한다는
의미입니다. 중요한 것은 지금입니다. 요즘따라 저리게
느낍니다. 오늘, 지금, 이 시간을 사랑하게 되고 창밖
녹음을 감사하게 바라봅니다.

우리 동네에서 가장 먼저 피는 봄꽃은 복수초꽃입니다.
몸을 흔들어 스스로 열을 내어 얼음을 털어내며
솟아오르는 노오란 꽃입니다. 주로 가까운 산에서
피어납니다. 뒤이어 산수유꽃, 영춘화, 생강나무꽃,
히어리꽃이 피어나고 매화가 요염하게 웃기 시작하면
개나리, 목련, 벚꽃이 피어납니다. 그 밖에도 입술을
간지럽히는 풀꽃들이 동네 골목 주변에 모습을
나타냅니다.

우리 집 작은 뜰에는 지금 수선화가 노오랗게 피어

있습니다. 조화처럼 손으로 만든 것 같은 수선화는
고맙게도 참 오래도 갑니다. 아침마다 나는 인사합니다.
"고마워." 수선화도 내게 인사합니다. "그래, 힘내!"
뜰에 얼굴을 내미는 파란 새싹들은 하늘을 이고 바람에
나부낍니다. 눈엽이었다가 신록이었다가 차차 녹음이
될 것입니다. 지난겨울에 죽지 않아 다행입니다. 이토록
어여쁘고 아름다운 꽃들이 지난겨울의 죽음을 피한
것만도 얼마나 행운인가요.
감사하고 감사합니다.

구상 선생님은 「한 알의 사과 속에는」이라는 시에서 "한
알의 사과 속에는 구름이 논다 / 한 알의 사과 속에는
대지가 숨 쉰다 / 한 알의 사과 속에는 강이 흐른다 /
한 알의 사과 속에는 태양이 불탄다"라고 했습니다. 한
알의 사과 속에 모든 자연이 숨어 있다면 우리의 시간
1초 속에도 기적이 숨어 있는 것입니다.
삶이란 오직 이 순간만이 존재하는 것입니다.
'찰나'라는 말이 그래서 섬뜩할 정도입니다. 과거는
지나갔고 미래는 오지 않았습니다. 그런데 왜
사람들은 현재에 머물지 못하고 과거나 미래에 머무는
것일까요. 마음을 현재에 머물게 하는 것을 불교에서는
정념수행 正念修行이라고 합니다. 념念은 현재를 뜻하는

금今과 마음을 뜻하는 심心이 합쳐진 말입니다. 곧
정념이란 마음이 현재에 머무는 것이라는 뜻으로, 흔히
마음챙김mindfulness이라고 부르기도 하지요.
또한 중국 송대 성리학자인 장사숙의 좌우명 하나가
떠오릅니다. 견선여기출 견악여기병見善如己出 見惡如己炳.
'착한 일을 보거든 자기가 한 것처럼 기뻐하고 나쁜
일을 보거든 자기가 한 것처럼 아파하라'라는 뜻이지요.
우리는 남의 아픔에 귀 기울이며 이 순간을 즐겨야
합니다. 오늘 하루도 아직 참 많이 남아 있습니다.
우리가 해야 할 일도 많이 남았습니다. 반성해야
할 일도 많고 돈이 안 들어가는 '따뜻한 말'도 너무
미루어왔습니다. 물건들도 정리해야 하고 말로 못 할
사연을 담아 편지 쓸 곳도 참으로 많습니다.
그런데 나는 시간이 많지도 않으면서 자꾸 내일로
미룹니다.
내가 잘하는 것은 감탄과 감동입니다. 혼자 하는
일입니다. 사회의 한 사람으로서 더불어 하는 일에 좀
더 마음을 베풀어야 하는데 그간 참 모자랐습니다.
지금부터 좀 더 잘하고 싶은 것은 '말'입니다.
형식적이지 않고 진심을 담은 말은 생각보다
어렵습니다. 늘 하는 말인데도 다듬어지지가 않습니다.
말이 가장 쉽고 말이 가장 어렵습니다. 하루 내내 하는 말 중에 형식적인 말이 대부분입니다.

좀 더 사랑을 가지고 진심을 담아 말하고 싶습니다.

이제 겨우 이것을 말하는 자신이 부끄럽기 짝이

없습니다. 나는 사무적으로 말해야 하는 사무원도

아닌데 말입니다.

"사랑하는 사람에게 말을 보내라. 그 사람을 수호할

말의 부적을 보내라. 썩지 않을 것을 보내고 싶다면

말을 보내라."

와카마쓰 에이스케가 『말의 선물』에서 한 말입니다.

말은 시간과 같아서 그 말을 전하는 대상의 마음에

나이테처럼 그어집니다. 말 한마디조차 그 사람의

마음을 더듬는 말의 온도를 생각해야겠다는 생각이

듭니다. 가령 "얼마나 아파?" 하고 말해주는 사람이

되고 싶습니다.

지금은 저녁을 먹는 시간… 오늘도 많이 남았습니다.

며칠 전 퇴원한 친구에게 전화를 해야겠습니다. 그의

건강을 빌며 살아 있음에 감사드립니다.

여 성 은 집 이 다

여성의 역사는 참으로 불운했습니다. 여성은 계집,
아녀자로 불렸고 더 심하게는 '치마떼기'라고 불리기도
했습니다. 몸체가 없는 인간 이하라는 뜻도 있을
법합니다.
역사가 그렇더라도 여성은 남자와 비교해서 이미
더 많은 것을 가졌으며, 그래서 여성은 위대하다고
생각합니다.
여성은 몸 안에 이미 집을 가지고 있습니다. 여성이
아름다운 것은 그 안에 집이 있기 때문이며, 그러므로
여성은 궁극적으로 위대하다고 말할 수 있는 것입니다.
여성이 집이고 집이 여성입니다. 여성의 몸에는 생명의
집이 있습니다. 여성의 몸은 모든 예술가들의 표적이며
그것을 표현하는 데 일생을 바치기도 합니다.
신비롭고 아득한 '궁', 그것은 이 세상의 그 어떤 집보다
완벽하고 우수한 집이 아닌가요. 요즘 현대 건축은 가장
아름다운 집을 자궁을 닮은 집으로 기획한다고 들은

적도 있습니다.

그것은 가장 편안하고 모성적인 집을 말하는 것입니다. 어머니 같은 집은 이 세상에서 가장 원시적인 집이면서 가장 혁명적인 집일 것입니다. 모든 분위기와 구조가 어머니를 연상시킬 때 그것은 현대 과학이 만들어내는 최고의 집이 될 것이 분명합니다.

'집'이라는 말과 '어머니'라는 말은 동의어일지 모릅니다. '집사람'이라고 하지 않던가요. 집의 정신은 어머니의 정신이라는 것을 부정할 수는 없을 것입니다. 결국 인간이 가지고 싶은 최고의 소유물은 가장 편안한 집입니다. 그래서 사람들은 끊임없이 집을 짓는지 모릅니다. 그래서 사람들은 결혼하면서 집 혹은 방을 준비하는지 모릅니다. 방은 마음의 방이자 두 사람의 결합을 의미합니다.

완벽한 애인을 꿈꾸듯 사람들은 완벽한 집을 꿈꿉니다. 과연 완벽한 집을 지을 수 있을까요. 완벽은 목표가 아니라 짓는 과정에서 계속 진화해가는 살아 있는 이데아인지 모릅니다. 일본의 건축가 안도 다다오는 완벽한 건축은 없으며 그래서 건축은 계속 진행 중이라고 말하기도 했습니다.

그러나 어찌 몸을 담는 집만 필요하겠어요. 현대 사회의 사람들이 점점 정신적으로 유약해지고 외로워하는 것은 자기 안의 집을 상실해가고 있기 때문일 것입니다. 그래서 인간은 몸을 담고 정신을 담는 집이 필요합니다. 정신의 집을 발견한다면 그것은 이 세상에서 최상의 집이 될 것입니다. 여성이 현실적인 집이면서 정신의 집이 되어줄 수 있다면, 그것이 지상낙원이 아니겠는지요. 그러나 문제는 있습니다.

여성은 신이 만든 최고의 작품이지만 가장 인간적인 작품이어서 외롭고 방향을 잃고 헤매는 여성들이 어딘가에 있을 것입니다. 아니, 우리 모두가 그런 여성인지도 모릅니다. 해서 여성은 스스로 정신적 집을 지어 올리는 자신을 재창조하는 시기에 와 있다고 생각하면 어떨까요. 우리는 여성이니까, 어머니니까, 신비니까, 힘이니까, 완벽한 집이 될 수 있으니까. 집이 계속 지어지는 것처럼 여성 또한 자기 안의 세상에 우뚝 선 집을 지어 올려야 하지 않겠는지요. 이런 인식이 여성들을 더 진화하게 만들 것이며 자신감과 개인의 행복지수도 높일 것입니다.

신이 만든 작품 중에 여성이 가장 탁월한 작품이라고 생각합니다. 거기까지 도달하지 못했지만 영원한 추구를 향해 걷는 삶에 감사드리고 싶습니다. 감사합니다.

여성, 우리에게 나이는 무엇인가

39세와 40세의 차이는 무엇일까요. 나는 마흔 살을
앞둔 전날 밤 나 자신을 두고 괴로워했습니다. 마흔
살 후의 생활이 두렵고 아득하기만 했습니다. 마흔
살이 공격적인 짐승의 숨소리로 내게 다가오는 것
같았습니다. 치열한 경쟁 속에서 내 가난한 능력이
세상에 드러날 것 같은 조바심도 있었습니다.
그러나 지금껏 잠자던 이빨 번뜩이는 호랑이를 내
안에서 일깨워야 한다는 내면의 우렁찬 소리도
있었습니다. 그래서 시작한 것이 공부입니다. 나는
아무것도 가진 것이 없어서 내가 가진 것을 생각해보지
않을 수 없었습니다. 겨우 찾아낸 대학 졸업장, 그것을
동기로 삼아 공부를 시작했습니다. 마흔, 그 나이로부터
자유로워지고 싶었고 자존심을 찾고 싶었습니다.
무엇보다 마흔 살 이후의 삶에서 탄력성을 찾고
싶었습니다. 인생의 후반전인 마흔 살 이후로는 그
어떤 변명도 없이 자신의 생을 자신이 원하는 쪽으로

이끌어내야 한다고 생각했습니다. 누구든 생은 이렇게
다시 시작되는 것이겠지요.

2002년 월드컵 때가 생각납니다. 밤에 혼자 보는 축구
경기는 내 가슴에 휘몰아쳤습니다. 외국 팀끼리의
경기였는데 전반전에 이미 5 대 0으로 지고 있었습니다.
후반전은 뻔한 결과였습니다. 나는 후반전은 볼 필요가
없다고 생각했습니다. 그렇지, 이미 졌으니까 대충
뛰면서 시간이나 때울 거라고 생각했습니다.

그런데 놀라운 장면을 보았습니다. 5 대 0으로 지고
있던 팀이 후반전에 전반전보다 더 치열하게, 더 독하게
온몸을 바쳐 뛰는 것이었습니다. 후반전에서 그들은 두
골을 더 내주었습니다. 그러나 그때부터 점수는 문제가
아니었습니다. 가망 없는 45분의 후반전을 거기서
죽겠다는 식으로 온몸 바쳐 뛰고 구르는 그들에게 나는
박수를 보냈습니다.

감동한 나머지 엉엉 울었습니다. 기쁨의 눈물을 흘리며
가슴이 뜨거워졌습니다.

그렇습니다. 누구에게나 가망 없는 45분의 후반전이
있을 것입니다. 그렇다고 포기해야 할까요. 뻔히 질
것이 눈앞에 보여도 목숨 바쳐 눈물이 나도록 뛰어야
하지 않을까요.

39세까지는 길들여진 삶을 살 수밖에 없었습니다.
연애하고 결혼하고 아이 낳고 집을 장만하기 위해
소비를 절제하고, 그러다가 느닷없이 우리는 마흔 살을
맞이합니다.

사십을 사십死+이라고 부르는 사람도 있습니다. 죽을
고비를 넘는다는 뜻입니다. 그리고 자신에게 방심하는
나이라는 뜻이기도 합니다. 나는 바빠, 이 정도는
참을 만해, 잘 되겠지 등등 한국적 낙천주의에 눌려
그날그날을 쉽게 보냅니다. 40대는 건강상으로도
면역 치유력이 퇴보하는 나이라고 합니다. 기능과
도전력이 약해집니다. 심리적으로도 인생에 대해 뒤로
물러나려는 마음이 더 강해집니다. 남들이 잘나가는
것을 보면 불안하고 자신을 과소평가하게 됩니다.
스트레스를 받습니다. 주눅이 듭니다.

그러나 지금의 마흔 살은 전혀 다르지 않나요? 결혼
안 한 처녀들도 많습니다. 50대도 그런 사람들이
많아요. 그만큼 인생이 길어졌습니다. 누가 말했지요.
재수 없으면 120세까지 산다고요. 농담이라도 진실이
있습니다. 그러니 마흔은 아직 너무 어린 젊음이라고
해둡시다.

목적을 가지고 노력해야만 결국 내 인생에 등불을 켜게
됩니다. 사십의 사四를 죽을 사死로 생각하지 않고 밑에

'ㄹ'을 붙여 '살'고 싶은 나이로 전환해야 합니다.

삶에도 이모작이 있습니다. 마흔 살이 바로 그 지점이라고 생각합니다. 물론 50세도 여기 같은 선에 있습니다. 아니, 60세도요. 생활에 매여 자기가 하고 싶은 일을 포기하면 안 됩니다.

이모작의 고통을 치러내면 이모작의 수확을 거둘 수 있습니다. 모든 걸 포기하고 새로 시작하는 것이 아니라, 지금의 현실에서 더 지혜롭게, 넓게, 깊게 사는 것이야말로 이모작의 삶이라고 할 수 있습니다.

이런 이모작의 노력으로 인생 후반전에 성공한 사람들이 많습니다. 모건 프리먼은 30년간의 무명 시절과 알코올중독, 이혼의 아픔을 딛고 58세에 오스카상을 받았으며, 철물 세일즈맨이었던 킹 캠프 질레트는 48세에 일회용 면도기 질레트를 개발했습니다. 우리가 존경하는 박완서 작가도 40세에 데뷔해 으뜸 작가가 되었지요.

나는 안 돼!라고 말하지 마세요. 결핍은 우리의 빈 공간을 욕망으로 채워 전진하게 만드는 에너지가 될 것을 믿기 때문입니다. 40대를 위해, 50대를 위해, 60대를 위해 다시 파이팅!

여자들은 시작하는 것이 남자들보다 느리다고 말합니다. 의욕이 남자들보다 너무 여리고 약하다는 뜻이지요. 그러나 정작 시작해보면 더 열정적으로 일합니다. 뜨겁고 크고, 앞으로 나아가는 모습도 아주 힘이 있어 보입니다. 여성들이여! 파이팅!

감사합니다.

1992년, 그 눈부신 날들

내 생에 가장 눈부신 날은 언제였을까? 나에게 이
질문을 던져놓고 며칠을 기다렸습니다. 잠을 자면서도
생각했고 이를 닦으며 거울을 보면서도 생각했고 밥을
먹으면서도 생각했고 길을 걷다가도, 운전을 하다가도
생각했습니다.

며칠이 지나도 답을 마련하지 못했습니다. 차라리
불행한 날이라면 아주 쉬울 텐데… 어느 날이었다고
말할 수 있을지 모릅니다. 아니, 모든 날이라고 할 수
있을지도 모릅니다. 눈부신 날을 모든 날이라고 할
수는 없을 것 같습니다. 그러나 나는 알았습니다. 덜
익은 못생긴 옥수수에도 어쩌다 속이 꽉 찬 한 알의
알갱이가 툭 박혀 있다는 것을. 불행하고 어렵게 살아온
사람에게도 눈부신 날은 있는 것입니다. 네, 그렇고
말고요.

처음 학교에 가던 날, 아니면 엄마라고 처음 발음한 날,
그것도 아니면 혼자 일어서는 직립의 순간이나, 그것도

아니면 첫 생리가 있던 날, 그 모두가 아니라면 처음
사랑이라는 말을 발음하고 사랑한다는 말을 들었을
때? 아니, 정말 눈부신 날은 내가 엄마가 되던 날이
아닐까요.

눈부셔서 눈물이 난 날이었던 건 사실입니다. 생명을
낳는 것은 얼마나 두렵고도 가슴 뻐근한 일이던지.
그러나 그것도 그냥 눈부신 날은 아니었던 것 같습니다.

1992년이 생각납니다. 뭐든 잘 풀리는 해였습니다.
수필집 『백치애인』이 베스트셀러가 되고 영화가
되었으며 첫 소설 『물 위를 걷는 여자』 역시
베스트셀러가 되어 영화와 드라마 모두 계약된
상태였기 때문입니다. 『물 위를 걷는 여자』는 서로
영화로 만들겠다며 치열한 경쟁을 했었지요.
그뿐인가요. 수필집 『그대에게 줄 말은 연습이
필요하다』가 연이어 베스트셀러가 되면서 내 이름이
붙은 책들이 날개를 단 듯 팔려나가고 해적판까지 생겨
곤혹을 치렀습니다. 내 이름을 그대로 두고 제목만
바꾸어 계속 책을 내는 출판사도 있었는데 관리가
어려웠습니다.
주머니가 두둑해졌고 생활도 어느 정도
편리해졌습니다. 물론 부채를 다 갚고 강남의

한강변으로 이사도 할 수 있었지요.

모두 1992년에 이루어진 일들입니다. 그러나 그것은 아무것도 아니었습니다. 1992년이 내게 중요한 것은 나 자신의 꿈을 이루는 해였기 때문입니다. 그것은 내가 나에게 주는 가장 큰 선물이자 눈물겨운 성취였기 때문입니다.

1992년 박사학위를 받았습니다. 모교인 숙명여대에서 받은 문학박사학위는 남들이 받는 학위와는 달랐습니다. 도저히 가능성이 없었던 절망의 시간들을 거쳐 폭풍 속에서 맺은 열매였기에 나는 울었고 그 눈물은 뜨거웠습니다.

검은색 표지의 논문집을 처음 손에 들었을 때 가슴이 뛰었고 한쪽 가슴이 아팠습니다. 어머니가 떠올랐습니다. 어머니는 내가 여자로서, 인간으로서 가장 불행한 시간에 돌아가셨습니다. 당신의 인생을 회복하기 위해 나를 어린 시절부터 도회지에 보내 공부시키려고 노력했으며 여러 딸 중 내게 욕심을 내어 세상에서 명성을 얻는 일을 하되 반드시 공부 쪽으로 해달라는 것이 어머니 부탁이자 유언이었는데, 나는 그 어떤 가능성도 가지고 있지 못했습니다. 지식도, 돈도, 형편도 어려웠고 아무것도 없었습니다. 그런 현실을 뚫고 박사학위 논문집을 들었으니 어떤 마음이었겠어요.

그때 내 나이 오십이었습니다. 논문집을 들고
어머니를 찾았고 무덤 위에는 검은 학위 모자와 옷을,
술잔 옆에는 논문집을 놓았습니다. 그때 나에게는
들렸습니다. 어머니의 한없는 웃음소리가. 그래, 내가
뭐랬니. 넌 된다고 하지 않았니. 넌 반드시 무엇이든
된다고 했잖아… 어머니의 웃음소리와 목소리가 산을
쩌렁쩌렁 울리고 있었습니다.

그때 어머니께 정말로 무엇인가 했다는 느낌이
들었습니다. 1959년 고향에서 부산으로 전학 갈 때
"죽을 때까지 공부해"라고 하신 그 말씀의 문을 열게 된
것입니다. 모두 어머니가 등을 떠민 덕분이었지요.
그런데 논문집을 내고 한 달도 지나지 않아 더 가슴
벅찬 전화 한 통을 받았습니다. 피어선대학(지금의
평택대학)에서 국어국문학과를 만들지 않겠느냐고
제안해 온 것입니다. 대학 강사 10년째의 일이었습니다.
나는 별 고민 없이 승낙했고 그해에 대학교수가
되었습니다. 딸들은 반대했습니다. 지방대학(그러나
그 대학은 지금 너무나 훌륭한 대학이 되었지요)이고
야간부라는 점, 그리고 교통 문제를 들었지요. 그러나
내게는 새로운 사회집단에 발을 담그는 일이었고 분명
하나의 거룩한 성취였습니다.

마흔 살에 대학원, 쉰 살에 박사학위, 그리고
대학교수가 어디 그렇게 쉬운 일인가요. 나는 너무나
복이 많은 여자였습니다. 하느님께 감사했습니다.
진심으로 감사하는 마음을 그때에야 알았습니다.
사람은 너무 감정에 쪼들리면 인사성이 둔해진다는
것을 알았습니다. 그동안 감사할 정신적 여유를 갖지
못했던 것이지요. 조금 더 일찍 감사를 알았다면 얼마나
좋았을까요. 그것이 내 한계였는지 모릅니다.
그런데 1992년의 축복은 아직 끝나지 않았습니다.
첫딸의 결혼식이 1992년 3월 7일로 정해진 것입니다.
사위는 늠름하고 성실한 사회인이었습니다. 첫딸을
시집보내면서 마치 연애라도 하는 기분이었고 설레서
잠을 이루지 못했습니다. 딸은 행복해 보였고 나는
다시 감사의 기도를 드리고 싶어 안달했습니다. 기쁨은
한꺼번에 그렇게 왔습니다. 눈부시게.

자전적 에세이 『나는 마흔에 생의 걸음마를
배웠다』에서 이미 밝혔지만, 불행은 절대로 혼자 오지
않는다는 걸 깊이 깨달았습니다. 불행이 올 때는 기쁨의
자식을 어디서라도 안고 온다는 것을 믿습니다. 우리는
그것이 너무 어려서, 불행만 너무 커 보여서 작은
기쁨을 알아보지 못합니다. 불행을 잘 업어주면 기쁨이

자라서 우리 눈에 보이기 시작하는 것입니다. 나는 그런 경험을 정말 많이 했습니다.

1992년은 나에게 많은 기쁨을 가져다주었지만 그 기쁨 속에는 슬픔도 있었을 것입니다. 나는 그 슬픔을 잘 안아주었고 내 안에서 한 식구로 잘 살았습니다. 피할 수 없는 불행은 내 안에 한 식구로 받아들여야 한다는 것을 불운한 생활 속에서 너무나 잘 알았기 때문입니다. 불행은 내가 밀쳐낸다고 나가는 것이 아니었습니다. 잘 아우르면 슬픔도 미안한지 몸을 낮추고 드디어 사라진다고 생각했습니다. 그러면 기쁨이 그걸 알고 더 큰 기쁨으로 몸을 불린다고 생각했지요.

그래서 큰 기쁨이 내게 다시 왔습니다.

1992년! 다시는 내게 오지 않을 축복의 해였습니다. 1992년 12월 21일 결혼한 딸이 아들을 낳았습니다. 이 세상에 이런 기쁨의 완성이 어디 있을까요. 나는 아들을 낳지 못했지요. 딸 셋을 낳으며 눈치도 보고 설움도 당했습니다. 아이를 낳고도 죄인처럼 고개를 들 수 없었습니다. 그런데 내 딸이 아들을 낳다니…. 팔을 들면 날아오를 것만 같았습니다.

나는 지금도 그 축복의 중심에 들어 있다고 늘 생각합니다. 어제도, 내일도 아니고 오늘 지금 이 순간, 나는 행복하고 축복 속에 있다고 말입니다. 그 첫

손주는 지금 30세가 되었습니다.

1992년에 이어 내가 계속 행운의 시대를 살아가고 있다는 것을 믿습니다. 내가 알고 있는 모든 분들과의 인연으로 여기까지 올 수 있었습니다. 모두에게 감사드립니다.

눈 빛 에   담 긴   생 의   그 늘

잎새가 조금씩 무거워지는 6월 나무 그늘에서 하나의
얼굴을 생각합니다. 28년간 아시아인들의 삶과 문화를
담아온 세계적인 다큐멘터리 사진가 스티브 맥커리의
사진전을 대구에서 본 적이 있습니다. 오래된 일인데
그 눈빛이 잊히지 않습니다. 전쟁 문화를 다루는
그의 색다른 취미가 고맙기도 하고 사랑스러워 그를
흠모하고 있었습니다. 그러나 내가 진정으로 좋아한
것은 그의 사진에 나타난 아시아인들의 얼굴이며
눈빛이었습니다.
그가 찍은 사람들의 눈빛은 너무나 많은 이야기를 하고
있어 충격적이었고 인간의 가파른 마음을 보는 것 같아
나는 사진 앞에서 차마 발을 떼지 못했습니다. 그 속에
누구나의 서러운 눈빛이 있기 때문일까요.
1985년 미국의 다큐 잡지 『내셔널 지오그래픽』에
초록색 눈망울을 가진 아프가니스탄 소녀가 표지
인물로 실렸습니다. 맥커리의 작품이었습니다. 뭐랄까,

겁에 질린 것 같고 화가 난 것 같고 두고 보자고 앙심을
품은 것 같기도 한 너무도 강렬한 눈빛과 표정의 이
사진은 『내셔널 지오그래픽』에 실리며 아프간 난민들의
실상을 세상에 알리는 계기가 되었지요.

우리의 현실을 다시 바라보게 하고 옷매무새를 다듬게
하고 개인적 욕망을 손안에서 스르르 놓게 만드는
이 사진 표지로 맥커리는 세계적인 사진작가로
떠올랐습니다. 그는 현실감 넘치는 색감과 탁월한
구성으로 보도사진을 예술적 차원으로 끌어올렸다는
평가를 받고 있습니다.

그를 사진가의 길로 이끈 것은 여행이었습니다.
역마살을 타고났다는 그는 19세에 1년간 유럽에서
살면서 호기심을 충족시켰고 이후 아프리카와 남미
등을 여행하면서 여행의 매력에 빠졌습니다. 여행을
계속하면서 할 수 있는 일이 뭘까 고민하다가 정착한
것이 사진이었습니다.

펜실베이니아주립대학에서 학보사 기자를 하면서
처음 카메라를 잡았고 졸업 후 지방신문 기자를 하면서
카메라를 익힌 그는 어느 날 기자직을 그만두고 인도로
떠났습니다. 인도와 파키스탄, 티베트, 캄보디아 등
아시아를 탐구하면서 그의 사진은 날로 생동감을
발산하기 시작했지요.

고단한 삶을 살아가는 그들의 모습에서 삶에 대한
무한한 경외심과 진정성을 전하는 그의 사진은
대상과의 교감 없이는 불가능한 것들로 채워져
있습니다. 그의 사진을 가만히 바라보고 있노라면 왠지
눈시울이 뜨거워지는 것을 막을 수 없습니다. 그러나
내가 이른 아침 대구로 가는 기차를 탄 데에는 또 다른
이유가 있었습니다.

『내셔널 지오그래픽』 표지에 나왔던 그 소녀의 사진이
2001년 20세기 베스트 표지 특집호에 실린 것을 보고
세상 사람들은 그 소녀의 안부를 궁금해했습니다. 무려
20여 년이 지난 시점이었지요. 죽었을까, 늙어버렸을까.
그녀의 눈빛은 조금 부드러워졌을까.

맥커리는 방송국에 FBI까지 동원하여 결국 소녀를
찾아냈습니다. 감동이 따로 없었습니다. 대구 사진전에
바로 20여 년 후 그 소녀의 사진이 걸려 있다는
것이었습니다. 그래서 나는 그 사진 하나를 보기 위해
새벽부터 서둘렀던 것입니다.

붉은 갈색의 옷으로 머리와 목까지 가린 소녀 옆에 걸려
있는 20년 후의 여자를 바라보면서 가슴이 뭉클하게
내려앉았습니다.

회색빛 옷의 이 나이 든 소녀는 눈빛이 초록색에서
보라색으로 바뀌었고 그의 눈빛은 절망으로

가득했습니다. 절망 외에는 잃을 게 없는 공허감이
무엇인지 그 사진은 무지한 한국 시인에게 보여주고
있었습니다.

아, 젊은 날 공허도 모르며 남발했던 공허라는
단어가 현실적으로 내 눈앞에 우뚝 서 있었습니다.
그 눈빛만으로도 난민으로서의 20년 세월을 볼 수
있었습니다. 그녀는 사진 찍지 않으려고 안간힘
쓰며 거부하다가 옛날 자신의 사진을 보고 난 후에
허락했다지요.

나는 그녀 앞에서 울고 싶었습니다. 보라색 눈빛이
말하는 인간 세상의 비정에 내 나라와 나 자신의 잘못도
있는 것 같아 아무도 모르게 몸을 부르르 떨었습니다.
지금도 지구 어디쯤에서 전쟁이 일어나고 있습니다.
집이 무너지고 사람들이 죽고 어린이들이 쓰러지는
장면은 보기 힘든 고문입니다. 난민들의 마음을
사진으로 찍으면 시베리아 얼음덩어리가 나오지
않을까요. 분단 체제 속에서 늘 살얼음이 어는 나라에
사는 우리에겐 결코 남의 일이 아닙니다.
평화가 얼마나 소중하고 귀한 낱말인지 다시 한번
생각합니다. 평화, 이렇게 종이 위에 써봅니다.
전쟁이여! 가라.

행복론과 다행론

두 번의 재수에도 진학에 실패한 아들 때문에 거의
울고 다니던 후배 하나가 밝은 목소리로 아침 안부를
물었습니다. 이젠 감정 정리가 잘 되는 모양이라고
생각했습니다. 후배는 오히려 나를 걱정하면서 아들은
이제 다시 도전 중이라고 단호한 결의를 전했습니다.
"언니, 제 아들은 더 좋은 목표에 도달하기 위해 시련을
겪고 있을 뿐이에요." 후배의 목소리에는 그간의 마음
버팀이 잘 녹아 있었지요.
한국인은 행복에 인색합니다. 행복을 바라면서도
있는 대로 깎아내리는 것이 행복입니다. "행복 같은
소리 하네." 자주 듣는 말입니다. 스스로 행복하다고
말하면 오만이라고 생각하는 모양입니다. 겸허하게
깎아내리면 그게 행복에 대한 도리라고 생각하는
것일까요. 그러나 결코 그런 일은 없습니다. 행복은
대접을 잘 해주는 사람에게 갑니다. 행복과는 거리가
먼 사람이 "물론 전 행복해요"라고 말하면 조금

엉뚱하지만 이상하게도 그가 행복하게 보이기도 합니다. 이미 행복이 그 사람 속으로 입주했기 때문이지요.

행복은 아주 이기적인 것이라 본인이 우기면 행복이라고 인정해야 합니다. 작은 기쁨을 얕보거나 어느 정도 가진 사람이 행복을 안주머니에 넣고 이 정도는 행복이 아니라고 푸대접하면 행복은 이미 그를 떠나고 없는 것입니다. 행복은 낮은 곳에서 대접받기를 원하고 작은 것을 대접해야 더 큰 것이 오게 됩니다. 행복을 선반 위에 얹어 놓고 늘 없다고 하는 사람도 많습니다. 습관이 복을 만드는 것처럼 '없다'를 강조하면 없어지는 것이 기본 이치입니다.

그러나 한국인에게 행복 부정론만 있는 것은 아닙니다. 직면한 위기에 아주 너그럽게 반응해서 결국 행복을 자기 것으로 만드는 갈채 받을 만한 특성도 있습니다. 그것이 다행론多幸論입니다. '다행은 행복이 많다는 것이 아니라 불행의 하향정지下向停止를 말한다.' 『한국인의 의식구조』에서 이규태 선생이 한 말입니다. 어떤 지점이건 그때가 행복한 시간이라는 뜻으로 나는 해석합니다. 어떤 위기일지라도 행복을 내 안에서 놓치지 않겠다는 의지가 바로 다행이란 말이라고 생각합니다. 집에 불이 나면 생명은 건졌으니 다행이라

184

하고 돈을 떼이면 몸은 성하니 다행이라 하잖아요.
넘어져 손만 부러지면 머리까지 안 다쳐서 다행이라고
하잖아요. 실제로 3년 전 눈길에서 미끄러져 손목이
부러졌는데 사람마다 내게 똑같은 말을 했습니다.
머리까지 안 다쳐서 다행이라고요.
앞서 말한 후배도 좌절감에 깔려 허우적거리다가
다행론이 가슴에 와 박힌 것일 테지요. "그래, 대학은 두
번 떨어졌지만 내 아들은 건강해. 두 번 떨어졌으니 세
번째는 더 좋은 일이 일어날 거야."
한국인은 수많은 역사적 위기를 견디며 살아왔습니다.
한국인 특유의 다행론은 결국 갖은 불행 속에서도
성큼 일어설 수 있는 내공이 되었습니다. 나는 전쟁
때 사랑은 이미 죽었다고 생각했지만, 사랑은 더
큰 모습으로 모든 생물과 사람과 함께 자라고 꽃을
피웠습니다. 결국 좌절을 딛고 일어서는 한국인의
의지를 볼 때마다 참으로 다행스럽습니다. 대한민국은
앞으로도 그렇게 되지 않을까요? 다행론에는 겹겹이
힘이 쌓여 있습니다.

하느님의 계산법

지난날을 돌아보면 아득합니다. 저 벌판을 어떻게
살아왔을까. 저 돌밭을 무슨 힘으로 걸어냈을까.
나 자신도 어리둥절합니다. 뭐 하나 똑똑히 할
줄을 모릅니다. 사실입니다. 특히 계산법이 아주
엉터리입니다. 한국에서나 외국에서나 계산을 잘 알지
못해서 주는 대로 거스름돈을 받아 주머니에 넣습니다.
중요한 일을 시작할 때 영수증도 받지 않고 덜컥 돈을
주고는 낭패를 보는 일도 종종 있습니다.
자식들 보기에 영 체면이 서지 않습니다. 그래서
자식들이 황당하게 일 저지르는 어린아이처럼 대할
때도 있습니다. 나이 때문도 있겠지만 물러터진
감성이며 야무지지 못한 성품 때문이지요. 창피하기도
하고 미안한 것이 참 많습니다. 생각해보면 그래도
이만큼 살아낸 것이 기적에 가깝습니다.
이런 데면데면한 몰골로 어떻게 살아온 건지 두
손을 모으고 생각해봅니다. 아이고 맙소사! 대체

어떻게 살아온 것일까. 분명 확실하게 느껴지는 힘이 있습니다. 하느님의 사랑이 느껴집니다. 그분이 계셨던 겁니다. 10만 원만 넘어가도 계산을 제대로 못 해 일, 십, 백, 천, 만 하고 세어봐야 겨우 아는 계산법으로 아이들을 학교에 보내고 결혼시키고 늦은 공부를 하며 대학교수가 되고 생활인으로 산 것은 뒤에서, 앞에서 하느님이 일으켜 세우며 결핍을 채워주시지 않았다면 불가능했을 것입니다.

보이지 않는 하느님의 축복이 줄곧 나를 살게 했습니다. 하느님이 어디에 계신지 묻지 말고 나를 보시면 됩니다. 기적은 거대한 것이 아니라 소소한 일상생활 속에서 눈부시게 나타납니다. 작지만 자유로운 내 공간, 잠자리가 있고 아직도 두 발로 걸어 다니고 친구들을 만나 행복하게 웃고 있다는 것은 보통 은총이 아니라는 것을 절감하며 감사하게 됩니다. 그런데 그 감사의 표현에도 나는 부족합니다. 일생의 감사를 표현하려면 저 아프리카의 아이 한 명이라도 살려내야 하지만 내 감사는 아직도 인색하기 그지없습니다. 영혼이 철들어 감사 표현에 능하면 좋겠습니다. 생색내지 않으시고 조용히 도와주시는 하느님의 계산법처럼 말입니다. 감사합니다. 아멘.

내 삶에서 놓친 것은 무엇인가

대학 입학식을 끝낸 날 밤, 일기에 이렇게 썼습니다.
'대학 4학년 동안 시 많이 쓸 것, 수영 잘하기, 운전
잘하기, 말 잘하기, 영어 잘하기, 연애 잘하기, 친구
사귀기, 노력하기.'
시를 잘 쓰기로 마음먹은 게 아니라 많이 쓰기로
마음먹은 것은 아주 잘못된 약속이었다는 생각이
듭니다.
수영은 배우지 못했습니다. 부산 시절 친구들과
수영하다가 완전 바보가 되었던 걸 만회하려고 한때
은평구에서 을지로까지 가서 배우기도 했지만 결국
배우지 못했습니다. 운전은 30년 이상 했기에 후회가
없습니다.
말은 마음을 50프로는 표현한다고 생각합니다. 친구
사귀기는 그런대로 50점은 넘게 줄 것 같고, 영어는
지금도 제대로 흉내도 못 내니 갈망이 큽니다.
제일 낮은 점수는 연애일 것 같습니다. 연애는 생각대로

되지 않았습니다. 대학 3학년 때 의사 사위 보는 것이
어머니의 최고 소원이어서 의과대학생과 두어 달
만났지만 끝이 좋지 않았습니다. 괜찮은 남자였는데
복이 없었습니다. '복'이라고 말하니 생각납니다. 나는
남자 복이 시원치 않았습니다.

대학 시절 약속한 것 중 마지막에 '노력하기'라고
적은 것은 신통하게 보입니다. 모든 걸 잘하는 사람은
없고 무슨 일이든 노력하면 어느 정도 수준에 오를 수
있으니까요. 대학 시절 나와의 약속을 보면 내 기질을
알 수 있습니다.

시작해서 단 한 번도 갈등 없이 일생 해온 것은 시라고
볼 수 있습니다. 내가 생각해도 대견합니다. 시를 열네
살에 시작해서 팔순이 되도록 부여잡고 있으니 내
생애에서 이거 하나는 잘했다고 단정할 수 있습니다.
타인이 아니라 나의 감정을 가지고 노는 것을 좋아한
모양입니다.

나는 끈기가 없고 의지도 부족합니다. 게으름은 가지고
태어났고요. 그런데도 적응력 하나는 좋아서 나빠져도
좋아져도, 속을 썩으면서도 밥 먹고 살아온 것입니다.
생각해보면 인생에서 놓친 것들이 많습니다.

나는 무대를 좋아했습니다. 내가 아닌 어떤 사람이
되어 무대에서 살아보는 것은 참으로 흥미로운

일이었습니다. 그 사람의 역할에 내 감정을 덧칠하면서
분노하고 외치고 사랑하고 마음속을 쏟아내는 일은
어느 일보다 매력이 있었습니다.

그러나 그것은 생각뿐이었지요. 그래서일까요. 사는
일이 무대 위인 것처럼 욱신거렸습니다. "걔는 이상한
결혼을 했다면서?" "걔는 비극적으로 산다면서?" 무대
밖에서 말 많은 인생을 살았으니 무대에 오르지 않고도
늘 분장하고 무대 위에 서 있는 것 같았습니다. 마땅히
덮고 싶은 인생의 대목들입니다.

나는 관객이 좋습니다. 편히 앉아서 무대를 즐기는
고요한 관객으로 살고 싶습니다.

외교관이 되고 싶었습니다. 외국어를 잘해서
외국인들에게 대한민국을 알리며 온 세계를
날아다니고 싶었습니다. 대한민국에도 이런 여자가
있다고 뻐기며 한국의 아름다운 문화를, 내 어머니를
알리고 싶었습니다. 영어는 그래서 필요했지요. 그러나
이루어지지 않았습니다.

고등학교 때 정치도 잠시 생각했습니다. 여자로서
무엇인가 각별한 지휘를 하고 싶었습니다. 그 당시
여자 정치인 박순천 여사를 보고 멋져 보였습니다.
새로운 한국을 위해 목표를 정하고 사람들을 이끌고
싶었습니다. 두어 번 결정적인 기회가 오기도 했습니다.

그러나 정치를 하던 삼촌을 보고 어려운 점이 많다는 것을 알았고 내 능력도 닿지 않는다는 것을 알았습니다. 그런데 나는 늘 사람에겐 관심이 많았습니다. 사람들 사이에서 일어나는 관계, 사람 안의 심리적인 면면에 마음이 기울여집니다. 그래서 사업도 생각했지만 계산에 서툴고 멋진 카페를 하고 싶었지만 멋만 부리고 사람만 좋아할 것이니 그것도 접었습니다.

결국은 다 접었습니다. 남은 것은 시입니다. 물론 소설도 쓰고 에세이집도 많이 썼지만 "나 지금도 하고 있어!"라고 분명히 말할 수 있는 것은 시입니다.

내 인생의 표면 밑에 무언가 나를 지탱하고 키워주는 보이지 않는 뿌리가 있다는 믿음… 내 인생의 한복판에 내가 꼭 가야 할 길이 있을 것이라는 신념… 이런 힘으로 나는 살아왔습니다. 신비 말입니다. 모든 인생에는 저마다 신비가 깃들어 있습니다. 나는 그것을 느끼고 믿습니다.

내가 지금 가지고 있는 것이라곤 "그럼에도 불구하고 잘하자"라는 내면의 목소리입니다. 밖에서 무슨 비평이 쏟아지든 무엇이 그리 중요할까요.

괴테는 행복한 삶을 위한 5가지 원칙을 이렇게 정리했습니다.

1)지난 일에 연연하지 않기, 2)미워하지 않기, 3)작은 일에 화내지 않기, 4)현재를 즐기기, 5)내일은 신에게 맡길 것.

나는 이 원칙을 지키고 싶습니다. 아주 작은 일 같지만 어려울 것입니다. 그래도 지키려고 노력하겠습니다. 감사합니다.

나는 성질이 급합니다. 빨리 걷고 빨리 말하고 빨리
먹습니다. 그중에서 급하게 걷는 것은 위험성은 있지만
그리 나쁘지 않을 것입니다. 운동이 되기 때문입니다.
아무튼 나는 말하는 것도, 먹는 것도 우아하고 귀족적인
것과는 거리가 멉니다. 사람에게 가장 필요한 안정성이
없어 보입니다. 모든 것이 급하고 급해서 '지금'은 없고
'다음'만 있는 것 같습니다.

급한 사람에게 내려지는 가장 큰 벌입니다. '지금'은
없고 '다음'만 있는 사람은 인생이 가난하고 언제나
궁핍합니다. 사실 '지금'을 잃으면 다 잃는 것이
아닌가요.

뭔가에 쫓기듯 잠시 멈추는 일이 없고 내달리려고만
합니다. 그렇게 오래 살았습니다. 그래서 얻은 것이
있을까요? 잃은 것이 더 많습니다. 몸도 안 좋아지고
스쳐 지나가는 것이 많아 놓치는 것이 많았습니다.
손익계산을 하자면 '왕창 잃었다'입니다.

처음 강의를 시작할 때 30분을 강의하려면 3시간 준비하라고 선배가 말했습니다. 그래서 적어도 3시간 넘게 강의할 것을 준비하고 강의실에 들어갔습니다. 그런데 3시간 넘게 준비한 강의를 다 했는데도 20분밖에 지나지 않았습니다.

강의를 듣던 학생 하나가 안경을 벗으면서 말했습니다. "선생님처럼 빨리 말하는 사람을 처음 봤어요." 얼마나 불안하고 정신없었으면 그렇게 빠르게 말했을까요. 그때는 첫 강의니까, 그만큼 긴장했으니까 양해해준다 해도 지금도 내 강의는 남들보다 두 배는 빠르게 말을 하는 것 같다고 합니다. 좋을 게 없습니다. 평화스럽게 가슴에 고요히 스며들듯 강의하고 싶습니다.

나는 어린아이가 말을 배우듯, 걸음마를 배우듯 '천천히'를 공부하기 시작했습니다. 수서 부근에 살 때 탄천을 걸으면서 한 걸음 뗄 때마다 주변의 풀들을 보며 풀이름을 생각하고 하늘을 보고 지나가는 자전거를 보고 어릴 때 아버지 등에 업혀 논길을 걷던 일도 떠올리고, 그렇게 '천천히'를 연습했습니다. 그러나 본성이 어디 가나요. 처음에는 되는 듯하더니 바로 빨라지기 시작했습니다. '천천히'는 내게 그토록 어려운 일이었습니다.

나는 『어린 왕자』를 스무 번도 더 읽었습니다. 그런데 같은 책을 또 읽는데도 어느 부분이 처음처럼 다가오는 경우가 있습니다. 어린 왕자가 찾아간 어느 별에 약장수가 있었습니다. 그가 파는 약은 한 알 먹으면 일주일 동안 목이 마르지 않는다는 약이었지요.

"자, 이 약을 사세요. 한 알을 먹으면 일주일 동안 목이 마르지 않아요."

생텍쥐페리는 1942년에 어떻게 이런 생각을 했을까요. 우리 어머니도 그랬습니다. 아침 먹고 치우면 점심, 점심 먹고 치우면 또 저녁을 해야 할 때 어머니는 입버릇처럼 말했었지요. "아! 딱 한 알 먹으면 일주일 배가 고프지 않은 약은 없을까?"

어린 왕자가 물었습니다.

"아저씨, 그 약을 먹고 일주일 물을 먹지 않아서 절약되는 시간은 몇 분이나 될까요?"

약장수는 의기양양하게 떠들었습니다. 이 약을 먹고 물을 먹지 않으면 일주일에 53분을 절약할 수 있다고요. 왜 53분인지는 모르겠습니다. 그러나 어린 왕자가 말한 명답을 나는 잊을 수가 없습니다.

"아저씨, 만약 나에게 53분이 주어진다면 나는 이 약을 먹지 않고 저 샘을 향해 천천히 걸어가겠어요."

나는 이 말을 내 생의 발판으로 삼고 있습니다. 우선

'저 샘을 향해'는 이 세상에 반드시 샘이 있다는 믿음을 말합니다. 우리는 지금 얼마나 믿음에 대해 약합니까. 저기 행운이 있다 해도, 저기 희망이 있다 해도 젊은이들은 믿지 않습니다. "안 보이잖아요?" 보이지 않는 것은 믿으려 하지 않는 시대입니다.

희망을 갖기 위해 가장 필요한 것은 믿음입니다. 저기 샘이 있다는 것을 믿어야 가지 않겠어요? 샘을 향해 가슴 뛰는 믿음으로 의심하지 않고 가는 사람은 반드시 희망을 만날 것입니다.

다음은 '천천히'입니다. 뛰거나 너무 빨리 걸으면 주변을 살피지 못합니다. 그 순간의 즐거움을 누리지 못합니다. 요즘 말하는 '느림의 미학'이 없는 것이지요. 사색과 생각의 터를 마련하는 것도, 창조의 실마리를 푸는 것도 이 '천천히'에 존재한다고 생각합니다.

그다음이 '걸어가기'입니다. 이는 노동의 미학을 말하는 것입니다. 현대인들은 지나치게 편리 위주에 길들여져서 사고는 굳어지고 몸은 나태에 빠집니다. 그래서 움직이고 몸을 활성화하는 것이 필요합니다. 그것이 곧 걸어가기인 것이지요.

"저 샘을 향해 천천히 걸어가겠어요"라는 말은 지금 우리에게 꼭 필요한 삶의 조건이라고 생각합니다.

프랑스의 한 작가가 80년도 더 전에 제시한 인간의 바른 정표입니다. 그래서 나는 학생들에게도, 기업체 강의를 할 때도 늘 이 이야기를 강조합니다.

오늘도 천천히 살겠습니다. 감사합니다.

자녀에게 줄 말의 유산은 무엇인가

초등학교 입학식은 공교육의 출발이자 사회집단에
들어가는 최초의 발걸음이라고 할 수 있습니다. 그날,
무슨 말을 사랑하는 자녀에게 해주는가? 이 한마디
말이 평생 자녀의 의식에 큰 기둥이자 믿고 따라갈
지침이 될 것입니다.
미국에서는 대개 성조기를 강조한다고 합니다. 미국의
아들딸이라는 것으로 그들은 모든 의미를 형성시키는
것 같습니다. 그래서 그들은 큰 행사가 있는 날이면
누구나 성조기를 흔들며 거리로 쏟아져 나옵니다.
그것은 성조기가 그들의 복합적 삶의 가치이기
때문입니다.
프랑스에서는 루브르박물관을 내세웁니다. 왜
인간에게 예술이 필요한지만 깨달아도 인간적 가치를
깨우치게 된다고 생각하기 때문입니다. 배불리 밥을
먹고 나라의 안보가 충실해도 인간이 예술을 습득하지
않으면 모든 것이 무가치하다는 인식이지요.

영국에서는 3가지 말의 성찬을 일깨웁니다. 신사의 나라답게 그들은 아이들에게 남에게 폐를 끼치지 않는 삶을 권합니다. 미안하다, 고맙다, 감사하다. 이러한 말 습관을 길러 남들과 아름다운 관계를 맺는 것이 가장 귀한 인간의 덕목이라고 말합니다. 이 덕목이야말로 우리의 아이들에게도 꼭 해주어야 할 말인지 모릅니다. 그리고 일본에서는 학생들이 쓰레기를 자기 주머니에 넣고 다닌다지요. 아침에 학교 갈 때 자녀의 가방에 반드시 비닐 주머니를 넣어준다고 합니다.

부모가 사회로 나가는 자녀들에게 이것만은 놓치지 않고 지켜야 한다고 인식시키는 것은 과외를 시켜 성적을 올리는 것보다 훨씬 중요한 일입니다. 우리 아버지는 약속을 지키는 것이 목숨보다 소중하다고 말했고 우리 어머니는 거짓말을 하면 무조건 매를 들었습니다. 그래서 나도 아이들을 키우며 밥 먹듯이 약속 지키기와 거짓말 않기를 강조했습니다. 이 두 가지만 가지고 살아도 굶지는 않을 것이며 멋지게 살 수 있다고 말입니다. 사랑하는 내 자녀가 제대로 된 인간이 되고 남에게 대접받는 존재가 된다면 그보다 행복한 일이 또 있겠는지요.

그러나 하지 못한 것이 많습니다. 시험을 치르고
집에 들어서는 아이에게 시험 잘 쳤냐면서 점수만
궁금해했습니다. 얼마나 힘들었니? 하고 먼저 묻지
못했습니다. 어떻게 짜맞추어도 아이들에게 좋은
엄마는 아니었다는 결론이 나옵니다. 늘 내 욕심이 앞을
가렸습니다.
요즘은 가족들과 밥을 먹거나 술을 마실 때 가끔 한마디
던집니다.
"역시 사람이 중요해."
사람에게는 너그러운 품성이 가장 필요하지 않을까
하고 말하며 사람과 더불어 살아가는 이야기를
덧붙입니다. 물론 나라도, 예술도, 환경도 인간
사회에서 소중하고 긴요하지만, 사람과 어떤 관계를
맺으며 사는가가 가장 중요하다고 생각합니다. 지금은
말의 홍수 속에서 말의 진정한 영양제가 필요한
시대입니다. '좋은 사람' 속에 나라도, 예술도, 환경도,
예의도 다 들어 있는 것이 아닐까요.
반드시 이기려고만 하지 않고 지기도 하면서 나의
자녀들이 좋은 사람으로 다가가고 좋은 사람으로
기억되기를 바랍니다. 감사합니다.

인생이 무엇이냐고 물었다

내가 너에게 물었다. "인생이 뭐냐?" 네가 대답했다.
"귀찮은 거요. 하라는 것이 너무 많아요." 물론 장난기도
있었다. 그러나 정답이었다.

살면서 너무 해야 할 일이 많아. 공부, 청소, 심부름,
거기다 어른이 되면 사람과의 관계는 또 얼마나
복잡하니. 그러니 해야 할 일이 너무 많다는 것은 맞는
말이다. 왜 그렇게 할 일이 많은지 모른다. 하고 싶은
일도 있지만 하기 싫은 일이 더 많다는 게 문제지.
그런데 세상은 말하고 있어. 하기 싫은 일도 해야
한다고. 싫은 일 속에도 숭고한 일이 숨어 있다고.
인생은 그런 것이라고.

아침에 약간의 비가 내렸다. 중요한 일이 있는 너는
예감이 별로 좋지 않다고 했다. 그러나 모든 이에게
중요하지 않은 하루가 어디 있겠니. 아침의 비는 어제의
먼지를 깨끗하게 씻어주는 청량제 역할을 한다. 그
사람의 생각이 그 사람의 인생을 만드는 법이지.

조금 싱거운 대답부터 하자면 인생은 답이 없는
것입니다. 답이 없기 때문에 해석하는 사람 저마다의
삶이 답이 될 수 있을지도 모릅니다. 아침 식사를 하고
이를 닦는 것도, 전화를 거는 것도, 거리를 걸으며 휴지
하나를 줍는 것도, 신문을 읽으며 세상을 바라보는 일도
모두 답이 될 수 있을지 모릅니다.

우리는 모두 인생이라는 학교에 다닙니다. 그 채점은
인생이 끝날 때 하느님께서 하시는 것입니다. 인생은
결코 낙제 점수를 보완할 수 있는 재등록을 허용하지
않습니다. 더도 말고 덜도 말고 자신이 살아온 인생에
따라 엄격하게 점수가 매겨집니다. 엄격하기로는
이만한 것도 없습니다. 일회용이기 때문입니다.

자, 그러면 어느 정도 이야기를 나눌 수 있겠네요.
어느 화가가 한 장의 종이를 지니고 사막에 섰습니다.
그리고 싶은 욕망은 수없이 타오르는데, 종이는 단
한 장뿐입니다. 과연 화가는 아무렇게나 그림을 그릴
수 있을까요? 그리고픈 욕망을 자제하고 자신을 낮춰
진정으로 그리고 싶은 가장 소중한 것을 그리는 데
총력을 기울여야 할 것입니다. 천 가지를 모두 버리고
단 한 가지를 그려야 할 것입니다. 종이 한 장에 천
가지의 욕망을 압축해서 그려야 할 것입니다.
그는 그림을 그리는 데 많은 시간을 바쳐야 할

것입니다. 결국엔 자신이 원하던 그림을 그릴 수
없을지도 모릅니다. 그러나 실패는 아닙니다. 설령
그림을 그리지 못했다 하더라도 그는 노력했으므로,
최선을 다했으므로 아름다운 인생을 살았다고 말할 수
있을 것입니다.

단 한 번 허락된 인생을 천 가지로 표현하려 하지
말아야 합니다. 천 가지의 욕망을 모아 한 가지에
매진하는 즐거움을 느껴야 합니다.

인생은 요약할 수 없는 것입니다. 오르고 쓰러지고
넘어져 상처투성이가 돼서야 정상에서 황홀감을 맛볼
수 있습니다. 짐을 대신 져주는 사람은 없습니다. 모두
자신이 철저하게 감당해야 합니다. 슬픔과 좌절과 공포,
그리고 희열을 모두 거쳐야 인생의 정점을 만나게 됩니다.

때로는 정신병자 같아지거나 기억상실증에 걸릴 수도
있습니다. 느닷없이 따귀를 얻어맞을 때도 있습니다.
나를 속이려는 누군가가 숨어 있을 수도 있습니다.
배신감도 느끼게 될 것입니다. 원하지 않는 것들이
태산처럼 등을 무겁게 내리누를 것입니다. 피할 수
있을까요. "누구야!" 하고 부르면 누군가 대답하며
와줄까요. 아무도 없습니다. 어쩌면 피하고 싶은 그
실체는 자기 자신일 수도 있습니다.

그렇다면 그것까지도 받아들여 사랑하는 수밖에 없습니다. 인생이란 친교의 광장과 같습니다. 다 사귀고 끌어안고 살을 비비면 그 폭력으로부터 솟아오를 수 있습니다. 피를 나누거나 살을 섞는 사람과는 더욱 진지한 관계가 되지만 진지하기에 서로에게 상처를 주기도 합니다. 그러므로 더욱 사랑해야 합니다. 주기만 하고 받지는 않는 예수님 같은 인내심을 가져야만 사랑은 지속될 수 있습니다. 마치 왼쪽 뺨을 때리면 오른쪽 뺨까지 내어주는 것처럼 말입니다. 이게 말이 되냐고요? 그러나 인생에는 이렇게 말도 안 되는 항목들이 많습니다. 이를 꿋꿋하게 견뎌내야 말이 되는 인생이 펼쳐지는 것입니다.

나는 젊은 시절 생의 혐오와 황홀이 공존한다는 것을 몰랐습니다. 오히려 왜 둘 다 필요하냐고 따졌지요. 그런데 누군가 말했습니다. 인생에는 몇 번의 죽음과 몇 번의 부활이 필요하다고. 반드시 누구에게나 이렇게 찾아온다고.
인생은 학교입니다. 어떻게 사느냐를 배우는 곳입니다. 이를 위해 전 생애를 필요로 합니다. 만일 우리가 지상의 학교에서 제대로 배우지 않는다면 결코 천상의 학교로 진학할 수 없을 것입니다.

이스라엘 명상

10여 년이 넘었네요. 이스라엘이 처음은 아니었습니다.
그러나 성모님의 흔적을 찾아 떠나는 프로그램을
하자는 평화신문의 제안에 가슴이 뛰었습니다. 너무
좋았습니다. 그곳에 가기만 하면 지금까지 내가 가진
죄는 그냥 없어질 것처럼 생각되었습니다.
이스라엘에 가기로 답하고 여정을 준비하면서
무척 바빴습니다. 공항으로 가는 날이 다가오자
욕심의 덩어리가 점점 불어났습니다. 무엇보다
그곳에서 기도가 잘 통하고 그래서 무슨 어마어마한
영적 비자금이라도 받을 것 같은 생각에 흥분했던
모양입니다. 딸들에게 기도문을 쓰게 하고 내 기도문도
쓰고 봉투마다 헌금을 넣고는 이제 됐다 하고 어서
이스라엘에 도착하기만을 바랐습니다.
드디어 텔아비브공항에 내렸을 때는 더욱 몸이
떨렸고 마음속에는 '이루어지게 해주소서'라는 말이
가득 채워져 있었습니다. 성모님을 특별히 만나러

가는 길이니 뭐든 이루어지리라는 가상 은총에 빠져
있었지요.

골고다의 무덤 성당에서 본 새벽 미사는 정말
감동적이었습니다. 나는 내내 기도가 이루어지게
해달라고 빌었습니다. 마치 기도를 이루어주지 않으면
안 된다고 협박하는 것처럼, 그 때문에 그곳에 간
것처럼 안달하고 떼를 썼습니다. 꼭 그렇게 보였습니다.

이스라엘의 주인공은 예수님입니다. 그러나
이스라엘에서 내가 만난 또 한 분은 성모님입니다.
지금으로부터 2천 년 전, 소녀는 천사로부터 아기를
갖게 될 것이라는 전언을 듣습니다. 소녀는 절대
순명하며 짧게 대답합니다. "네, 저는 주님의 종이오니
제게 이루어지게 하소서." 소녀에게는 이미 결혼을
약속한 남자가 있었지만 주님이 주신다면 받겠다는 이
대답은 그야말로 엄청난 약속이었습니다.
처음엔 두렵고 외로웠을 것입니다. 요셉은 오해했고
소녀를 받아들이지 않았으며 사람들은 배부른 처녀의
모습을 이상한 눈으로 바라보았습니다. 소녀는 (요한을
임신하고 있던) 엘리사벳을 찾아가기로 했습니다.
초여름 날씨에 거친 산악지대를 200킬로미터나
걸었습니다. 엘리사벳의 집은 거기서도 높은 언덕에

있었습니다.

만삭의 엘리사벳이 배가 불러오는 소녀를 안으며 말했습니다. "은총이 가득하신 마리아여." 이 말은 우리가 가장 사랑하는 기도문입니다. 그 순간 엘리사벳의 배 속 아기가 꿈틀거리며 뛰어놀았다는 전언도 있지요. 이렇게 해서 소녀는 은총이 가득하신 성모 마리아로 거듭나고 요셉의 오해가 풀리며 결혼생활을 하게 됩니다. 그리하여 베들레헴에서 우리의 예수 그리스도의 일생이 시작된 것입니다.

아마도 성모님의 일생에서 가장 행복한 시기는 예수님이 공생활을 시작하기 전인 나사렛에서의 생활이었을 것입니다. 나사렛에는 우물이 딱 하나 있었는데, 성모님도 다른 평범한 여자들처럼 그 물을 길어 가족의 식사를 준비했겠지요. 예수님도 그 물을 마셨다는 이야기입니다. 성가족의 흔적을 따라가는 일은 숨 가쁘고 흥분되는 일이었습니다.

그러나 예수님이 자라면서 그분의 임무가 조금씩 드러나기 시작했습니다. 잃어버린 아들을 찾아낸 성모님이 어머니로서 원망했을 때 예수님은 이렇게 말씀하셨습니다.

"왜 나를 찾으셨나요? 내가 내 아버지 집에 있을 줄 모르셨나요?"

그때부터 이미 어머니는 아들을 떠나보낼 마음의
준비를 하지 않았을까요.

아니, 오래전부터 어머니는 참으로 두렵고 무서웠을
것입니다. 아기를 봉헌했을 때 예언자 시메온이 "예리한
칼에 찔리듯 아플 것이다"라고 했던 것을 어머니가
잊었을 리는 없을 것입니다. 어머니는 아기를 낳고
평범한 생활을 하던 시절에도 마음속으로는 늘 불안에
떨었을 것이 분명합니다.

예수님의 굴곡은 곧 어머니의 굴곡이었습니다.

예수님이 결국 사형 선고를 받고 사람들의 야유를
받으며 십자가를 지고 골고다에 오르는 광경까지
어머니는 바라보아야만 했습니다. 아들이 십자가에
못 박혀 매달리기까지의 시간들을 어머니는 어떻게
견디었을지, 그 생각을 하면 눈앞이 아득하기만 합니다.

성모님은 일생이 원만하지 못했고 외롭고 무서운
고통의 시간들을 보냈지만 성령의 이름으로 부활까지
지켜보았던 귀하고 소중한 이름입니다. 내가 알기로는
가장 강력한 기도의 어머니로 성모님의 이름을 얻으신
분이 아닐까 합니다.

이스라엘에서 마지막 밤을 보낼 때, 매달리고 안달하고
떼쓰던 내 기도는 많이 순해져 있었습니다.

"제가 당신을 위해 무엇을 하면 되겠습니까?"
나는 그렇게 물었습니다. 왜냐하면 이미 내가 받은 것이
너무 많아서, 인간의 이름으로 이미 받아 챙긴 것들이
너무 넘쳐서 눈물을 흘렸기 때문입니다.
"제 기도는 지금 이루어지고 있는 중입니다. 제가
이보다 더 불행할 수 없다고 땅을 치던 순간에도
돌이켜보면 제 기도가 이루어지고 있는 중이었습니다.
감사합니다. 제가 원하는 시간이 아니라 주님께 가장
좋은 때 이루어지게 해주소서."
성모님의 흔적을 따라가는 프로그램은 성공했고 나는
큰 은총을 받았습니다.
과욕을 손에서, 마음에서 내려놓을 때, 그때가 은총을
받는 시간이었습니다. 나는 너무 복되고 사랑받는
사람이었습니다. 감사합니다.

| 4장 | | 용서를 | 빕니다 |

하느님께 기도해서 반드시 이루어질 수 있다면 우리는
무엇을 바랄까요. 아마도 어려운 것 없이 쉽게 살다가
쉽게 성공이라는 사회적 지위를 얻었으면 하고 바랄
것입니다. 거기다 사랑하는 사람도 쉽게 얻는다면
그보다 더 좋은 일은 없을 것입니다. 사랑하는 사람과
결혼해서 아들딸을 얻고, 아이들이 속 썩이지 않고
무난히 자라 좋은 대학에 가고 마음에 꼭 차는 상대를
골라 결혼해서 잘 살아준다면 얼마나 좋을까요.
세상에 부러운 것 없이 걱정이라곤 없는, 그래서
행복을 누리기만 하는 사람을 우리는 팔자가 좋다고
말합니다. 얼마나 좋을까요. 마음 상할 일도 없고 병도
없고 후회할 일도 없고 마음먹은 대로 척척 되기만 하는
사람이 이 세상에 하나라도 산다면 우리는 모두 그와
같이 해달라고 더욱 적극적으로 기도하게 될 것입니다.
우리는 모두 안정되게 근심 없이 모든 것이
이루어지기를 바랍니다. 그래요, 정말 그 어떤 근심도

없이 말입니다.

어느 날 수업 시간에 학생들에게 과제를 냈습니다.
우리가 천사에게 자랑스럽게 생각할 것이 있다면 적어
내라는 과제였습니다.

천사! 그처럼 살 수 있다면 우리는 얼마나 행복할까요.
미운 사람도 없고 질투할 사람도 없고 돈이 있는 사람도
부럽지 않은 천사. 그런 천사에게 우리가 더 좋다고
말할 수 있는 게 과연 있기는 한 것일까요.

학생들은 무슨 말인지 잘 이해하지 못하는 것
같았습니다. 나는 학생들을 하나씩 일으켜 세우고 묻기
시작했습니다. 붉은 모자를 쓴 학생, 넌 무엇이라고
하겠니? 초록색 머리띠를 한 학생, 넌 무엇이라고
하겠니? 모든 것을 갖춘 천사도 가지지 못한 게 무엇이
있겠니? 우리 인간이 자랑스러워할 것이 있겠니?
학생들은 벙벙하게 있다가 말하기 시작했습니다.

천사는 짝이 없어요. 천사는 친구가 없어요. 천사는
연애 못 해요. 천사는 엄마 아빠가 없어요. 천사는
쇼핑도 못 해요. 천사는 엠티도 못 가요. 천사는 술도
못 마셔요. 천사는 울지도 못해요. 천사는 악을 쓰며
고함도 지를 수 없어요….

학생들은 내가 왜, 무엇을 묻는지 서서히 이해하는 것
같았습니다.

"선생님, 천사도 뽀뽀하나요?"

"천사는 포옹도 안 하나요? 아이도 안 낳아요?"

우리의 이야기는 끝이 없었습니다. 이렇게 학생들의
상상력이 하늘까지 뻗어 가노라면 아무 근심 걱정 없는
천사의 삶도 별 재미가 없을 것이라는 생각에 미치게
되는 것입니다.

"선생님, 전 천사 안 할래요. 재미없을 것 같아요."

그래, 우리처럼 가난해서 울거나 연애가 깨져 가슴 치며
울거나 엄마를 잃거나 아빠가 직장에서 해고되거나,
그래서 서로 사랑하며 새롭게 시작하려는 마음도
천사에게는 없겠지.

자, 생각해보자. 우리가 살면서 지긋지긋하게 피하고
싶은 자질구레한 일상들, 때론 창피하고 초라한 우리의
생활은 천사와 비교하면 얼마나 인간적이고 아름다운
것이니.

그러니 지금부터 우리의 고독에 감사하자. 눈물과
고통에 감사하자. 알았지? 생활로부터 오는 고통을
극복하며 이겨내자. 고통, 아픔, 외로움 모두 하느님이
우리에게 내린 선물이라는 것을 너희들은 살아가면서
반드시 알게 될 거야. 하느님은 지금, 여기에 계신다.

학생들의 얼굴이 조금 전보다 밝아졌습니다.

감사합니다.

책은 정신의 자연입니다

때때로 마음이 내 안에 있지 않고 내 주변을 맴돌거나
아니면 아주 멀리서 앉을 곳이 없어 배회하고 있는 것을
느낍니다. 자신감을 잃고 내가 가진 믿음이 흔들릴 때,
삶에 대한 목표 의식이 나약해질 때, 소신이 무너지고
남들의 이야기에 쏠려 스스로 마음을 짓이겨놓을 때 내
마음은 방향감각을 잃고 떠돌아다닙니다.
야망이 성하고 욕심이 몸을 부풀리면 내 지성은 신음
소리를 냅니다. 결국 그 신음 소리는 나약함에서 싹튼
질환이라고 할 수 있을 것입니다.
문자를 멀리하고 영상에 정신을 빼앗길 때 나른하고
번쩍거리는 불빛 속에서 마음은 갈피를 못 잡습니다.
이럴 때 독서는 자신의 세계를 넓힐 수 있는 유일한
개혁 방법입니다. 좁아터진 인간 내면의 확장
공사입니다.
멋진 삶을 원하시는지요. 풍부한 하루를 원하시는지요.
오늘, 바로 지금 두 손에 책을 펴세요. 자신의

전공과목을 넘어서서 모든 분야의 책을 자신의 두
눈으로 읽어낼 때 당신에게는 새로운 하늘이 열릴
것입니다. 충격과 순간적 흥미를 넘어서서 감동과
영원의 시간 속에서 자신의 존재를 바라보게 될
것입니다.

독서는 열 분, 아니 백 분, 아니 천 분의 스승을 모시는
것과 같습니다. 거리 없이 바로 내 앞에서 직접
자분자분 말합니다. 받아들이기만 하면 뼛속까지
들어옵니다.

세상에는 너무 좋은 책이 많아서 내 생에 다 읽지
못하겠지만 그래도 집에서, 지하철에서, 공원에서,
카페에서 읽는 책은 상상 이상의 행복을 줍니다.
외롭다고 생각될 때 "아, 책이 있지"라고 말할 때도
있습니다.

물론 자연을 보는 시간이 더 많지만 나를 변화시키는
가장 무서운 스승은 책이라고 말할 수 있습니다.
그래요, 우리에겐 책이 있습니다. 자기를 변신시키고
또 다른 자아로 혁신시켜 살아가게 하는 것이 책입니다.
책은 우리의 인생 벗입니다. 감사합니다.

성경은 우리 생의 내비게이션

길을 잃어보셨나요. 길을 잃는 것은 좋은 일입니다.
길을 찾느라 소모하는 시간은 버리는 시간이 아니라
얻는 시간이라고 생각합니다. 찾는 시간이야말로
창조의 시간이기 때문입니다.
그런데 요즘은 결코 길을 잃어버릴 수 없게 해주는
장치를 자동차 안에 달고 다니며 우상처럼 섬기고
있습니다. 그래요, 편리한 물건이지요. 이리 가라,
저리 가라는 소리를 따라 가노라면 목적지에 도달하게
해주는 내비게이션은 시간 절약도 되고 에너지 소모도
줄이는 신기한 존재입니다.
예쁜 여자 목소리는 속도의 빠르기를 알리면서 위험을
방지해주고 때로는 졸음을 쫓는 청량제가 되기도
하는데, 어떤 남자는 내비게이션 목소리를 애인의
목소리로 바꿀 수 없냐고 제조사에 물은 적이 있다고
합니다. 그러면 늘 애인과 함께 있는 듯한 행복감을
느낄 수 있을까요. 아니면 차 안에서는 다른 여자의

목소리를 듣는 것이 더 나을까요. 그것은 남자들의 개인 성향이라고 할 수 있겠지요.

법으로 마누라 목소리로 정한다면 아예 운전하지 않겠다고 말하는 사람도 봤습니다. 웃기려고 한 소리일까요? 진정성이 있어 보였는데 아주 틀린 이야기는 아닌 것 같습니다. 차 안에서까지 가족 목소리를 들으면 좀 지루하다고 해야 하나….

그러나 우리가 따르는 그 목소리는 소리만 있고 실체가 없습니다. 실체 없는 목소리는 너무나 잘 알아듣고 숭배하면서, 우리 인생의 가장 탁월하고 백번 믿어도 좋을 안내자인 성경에 대해서는 믿으려 하지 않습니다. 내 젊은 날의 방황과 어긋난 삶은 진정한 내비게이션의 소리에 귀 기울이지 않았기 때문입니다. 오로지 자기 안의 목소리만을 숭배하고 따르면서 그 위대한 내비게이션의 소리는 멀리했던 것입니다.

하느님은 이미 몇천 년 전에 너무나도 상세하게, 너무나도 정확하게 자 이리로 가라, 이렇게 해라, 이 사람을 만나라, 그를 따르라… 그렇게 인간이 가야 할 길을 가르쳐주셨는데 우리는 자꾸만 다른 길로 가면서 길을 모르겠다, 길은 없다고 말합니다.

그 소리에 충실히 따른다면 우리는 결국 정신의 자유와 내면의 행복을 얻게 될 것입니다. 그런데도 우리는

자신의 목소리만 들으면서 자신을 괴롭히는 경우가
너무 많습니다. 진정으로 자신을 사랑한다면 성경에 귀
기울이라고 말해준 선배가 기억납니다. 아침의 성경
한 구절은 한 끼의 밥이자 영원의 밥이라는 그 선배는
진정으로 성경을 양식으로 삼는 충직한 하느님의
딸입니다.

요즘 성당마다 성경 쓰기가 한창이라고 합니다.
하느님이 웃으시는 모습이 보입니다. 그러나 단지
읽고 쓰기만 하고 가르쳐주신 길로 가지 않으면 더
주님을 슬프게 할 수 있다는 것을 우리는 알아야겠지요.
성경처럼 좋은 내비게이션이 또 어디에 있겠어요.
나는 스스로에게 묻습니다. 너는 얼마나 생의 끼니를
저축하고 있냐고요.

성경이 바로 생의 끼니입니다. 감사합니다.

정 진 석   추 기 경 님

정진석 추기경님이 이렇게 가시다니 믿어지지가
않습니다. 종일 날씨가 흐렸습니다. 해가 먼저
알았을까요. 그래서 자신의 존재를 가리고 있었던
것일까요.
주교 수품 50주년 기념으로 혜화동 주교실에서 뵌
그 두어 시간의 기억을 저는 기적이라고 생각하고
있었습니다. 아닙니다. 기도의 선물을 받았다고 해야
옳습니다.
그때만 해도 추기경님의 건강이 그렇게 절망적이지는
않았습니다. 인터뷰가 끝나고 병원으로 가신다는 걸
알았지만 그냥 가볍게 다녀오시는 것으로 알았습니다.
열정 어린 말씀이 이어졌고 힘이 있었습니다. 느리고
부드럽지만 힘 있는 말씀의 운韻이 하느님께로
기울어지면서 더 큰 기운을 느끼게 하셨습니다.
나같이 우둔한 사람마저도 그 울림에 공명하듯 성령을
경험하는 순간으로 변화하고 있었습니다. 추기경님

옆에서 기이하고도 뿌듯한 경험이었습니다.

그것은 내가 지금껏 가슴 한복판에 아끼면서 누리는
힘의 신비입니다. 일상에서 조율되지 못하는 감정들로
뒤뚱거릴 때도 가슴속에 간직한 그 신비를 느끼고
바라보며 조율할 수 있었습니다.

그날 혜화동에 갈 무렵 나는 약이 필요했습니다. 날마다
먹는 약이 아니라 정신의 안정과 평화를 위한 약이
필요했지요. 어지러웠고 비틀거렸습니다. 고요한데
시끄럽고 누웠는데 불안했습니다. 무력감에 어깨가
아팠습니다. 그러나 추기경님은 편안하게 온전히
맡기면 다 편안해진다고 말씀하셨지요. 추기경님과
인터뷰하고 나왔을 때 벌써 혜화동 골목에서부터
발걸음에 확신의 힘이 주어졌습니다. 추기경님이
보이지 않는 약을 주신 게 틀림없었습니다.

만약 나같이 잘 흔들리는 사람이 종교와 단절되어
이렇게 나이가 들었다면 어찌 바로 설 수나 있었겠어요.
생기도, 힘도, 광휘도, 균형도, 감동도, 위로도, 만족도
모르는 기이한 생을 살았겠지요. 내 인생은 내 것이라고
주장했던 비신자 때의 고집과 오만을 정면으로 뒤집은
것은 바로 사랑이었습니다. '나'가 아니라 '너'를
생각하는 사랑을 조금씩 알기 시작했습니다. 특히
감사한 것은 감사하는 일에 길들어 사는 것입니다. 이

또한 추기경님이 가르치신 교훈입니다.

발명가를 꿈꾸던 공대생이 예수님의 제자가 된 것은 다
하늘의 계획이었을 것입니다. 추기경님은 이 세상에
꼭 필요한 말씀의 전수자였습니다. 그래서 하느님이
몇 번이고 위험에서 살리신 것이라고 생각합니다.
추기경님은 하늘의 그릇입니다. 주님이 만들어
우리 앞에 보내신 행동의 그릇, 말씀의 그릇이라고
확신합니다.
그리운 추기경님. 추기경님을 그리워한다는 것은
마음속 복병인 불평불만을 쓸어내고 속으로 들끓는
모든 잡음을 참된 기도로 잠재우며 사는 일일 것입니다.
감사합니다. 지금 당장 뵐 수는 없어도 추기경님이
하늘나라의 평온 한가운데에 계실 것을 믿습니다. 하늘
그리고 구름 속에 빛나는 별빛에서, 햇살에서 언제나 그
순정한 미소를 뵐 수 있을 것입니다. 감사합니다.

뒤돌아서서 다시 발자국을 찍고 싶은 곳

다시는 돌아가고 싶지 않은 곳이 거의 전부라고 할
만큼 생은 우둘투둘합니다. 그러나 생각만 해도 웃음이
번지는 내 생의 아름다운 풍경도 있습니다. 누구나
그러할 것입니다. 생각하면 입가에 웃음이 맴도는 기억,
아니 추억 말입니다.

첫 번째로 고향 집 마당이 생각납니다. 여름날 마당의
정갈하게 짠 제법 큰 평상 위에는 아버지, 어머니,
언니들, 동생이 앉아 있거나 누워 있습니다. 조금 전
수박을 나누어 먹고 함께 웃으며 하늘의 별을 바라보는
순간입니다. 그날따라 별은 더욱 빛났습니다. 그런
시간은 아늑하고 따뜻해서 폭풍조차 품으면 일시에
녹아내릴 것 같은 시간입니다. 물론 어머니와 아버지의
싸움은 일상이었고 언제 이 집을 빠져나가나 고민했던
때도 있었습니다. 돈은 있으나 사랑이 없는 집이기도
했습니다.

가족은 소중하지만 소중한 만큼 서로 뒤틀리는 일들이

생기기도 했고 그 옛날 가족을 생각하면 진저리 나는 일들도 많았습니다. 그러나 그날이 언제였는지 모르겠지만 어느 여름밤 평상 위에서 달고 시원한 수박을 먹으며 단란하고 평화로웠던 그 순간을 잊을 수가 없습니다. 참 아름다운 시간이었습니다. 살며시 문을 열고 그 순간을 바라봅니다.

고향 친구들과 냇물에 발을 담그고 조잘거리며 무엇이 그렇게 즐거운지 웃음이 그치지 않았던 초등학교 시절. 누군가가 퐁당 물에 빠지면 우리도 모두 옷 입은 채로 퐁당 빠지면서 웃음소리가 하늘에 닿도록 웃고 또 웃던 순간이 바로 저기 보입니다. 미래도 과거도 없는, 오직 그 순간만 있는 그런 시간이었습니다.

첫사랑이란 말을 좋아합니다. 세상에 태어나 사랑한다는, 보고 싶다는, 좋아한다는 말을 어느 대상에게 할 수 있는 사춘기 시절, 풋내가 나지만 시큼하게 단 냄새가 진동하던 어느 날의 풍경… 아, 저기 살아 있네요.

부산으로 학교를 옮기고 처음으로 바다를 보았던 여고 1학년. 송도, 해운대, 광안리를 혼자 걸으며 시인을

꿈꾸던 시절도 떠오릅니다. 세상에 무엇이건 안 될 것
없이 생각하며 참 기고만장했던 시간이지요.
바다는 나에게 무한정 말을 걸어오고 내가 물으면
영락없이 대답도 해주었습니다. 경남백일장에서 1등을
하고 미래에 시인이라는 이름으로 살기로 확신을
가졌던 해운대, 광안리, 송도… 바다는 내 은밀한
친구였습니다. 고향에서 산만 보고 살다가 바다가 있는
곳에서 여고 시절을 보내며 바다는 내 혈족과 같이 늘
함께였습니다. 학교에서 상을 받을 때 모든 학생들에게
박수를 받던 그 순간도 저기 보이네요.

그다음으로 서울 청파동입니다. 평생 잊지 못할
장소이지요. 하늘만큼 큰 꿈을 안고 대학생이 되어
그곳에서 10년 넘게 인연을 맺었습니다. 대학
4년에 국문학과 조교, 석사, 박사, 초빙교수까지. 지금도
내 마음은 청파동에 삽니다. 수없는 밤을 지새우면서
시 쓰고 공부하고 마음 다짐한 청파동은 내 고향이자
현실적 안식처입니다. 여대생이란 왕관을 쓰고 문학의
향기를 날리며 멋을 부리고 멋으로 슬퍼하고 굵은
허벅지가 부끄럽지도 않았는지 미니스커트를 입고
높은 하이힐을 신고 다니던 시절… 아, 그리운 청파동.
미래는 늘 푸르렀고 희망은 언제나 튼튼했으며 성공은

언제나 내 손이 닿는 곳에 있다고 믿었던… 그때 그
시절 푸르고 싱싱했던 순간들… 저기 저기 지금도
변하지 않는 빛깔로 꿈틀거리고 있네요.

아기를 낳고 아기를 안고 엄마가 된 벅찬 마음으로
병원 문을 나서던 순간… 다시 돌아가고 싶은 풍경은
여기까지인지 모릅니다. 모두 감사한 시간이었습니다.
감사합니다.

집은 사랑이다

오래된 일이지만 '집은 엄마다'라는 광고 카피가
있었습니다. 어린아이가 빈집에서 엄마가 없는
빈자리를 느끼다가 엄마에게 안기며 하는 말입니다.
쉽고도 좋은 카피라고 생각합니다.

집을 엄마라는 이미지로 끌고 간다면 더 이상 집을
설명하지 않아도 됩니다. 이 세상에 엄마보다 포근하고
따뜻하고 위로가 되고 힘이 되고 휴식이 되고 새로운
창조의 의미가 되는 것이 있겠는지요.

우리도 다 그런 기억이 있습니다. 어린 날 학교에서
돌아와 대문을 들어섰는데 엄마는 없고 집이 텅 비어
있을 때… 쓸쓸하고 외롭고 세상이 텅 빈 것 같은, 이
세상에서 버림받은 아이 같은 생각이 들던… 그런데
어느 순간 엄마가 나타나 얼른 안아 올려주면 세상이
다시 가득 메워지고 꽃들이 가득 피어나던 기억….

엄마는 모든 것입니다. 그래요, 모든 것입니다. 집은
우리에게 그런 대상이며 그런 뉘앙스로 다가옵니다.

이 지상에 집보다 더 아름다운 단어는 없을 것입니다.
아니, 집보다 더 눈물겨운 단어는 없을 것입니다.
그뿐일까요. 집보다 더 숭고한 단어도 없는 것이
아니겠는지요.

집은 어머니와 같습니다. 고향과 같습니다. 집은
돌아가는 곳입니다. 몸이 불편할 때도, 쉴 때도, 사랑할
때도 돌아가는 곳입니다. 어머니의 자궁을 아기집이라
하고 우리가 마지막 가는 무덤도 집이라 하니 생명이
끝이 나도 집을 떠날 수는 없는 것입니다.

집은 우리 삶과 조금도 떨어질 수 없는 한 몸체라고
해도 과언이 아닙니다. 집을 잃은 사람을 우리는
노숙자라고 하지 않나요. 집을 잃는다는 것은 가족을
잃는 것이고, 가족을 잃은 사람을 우리는 모든 것을
잃은 사람으로 인식합니다.

우리나라 남자들이 아내를 부르는 '집사람'이라는 말은
아름답고 정겨운 말입니다. 아내는 그 집의 열쇠라는
영국의 속담도 있지요. 집사람이 여성들이 교육받지
못하고 사회로 나가지 못하고 집을 지킨다고 해서 나온
말이라고 해도 아내가 집과 동일시되는 것은 그만큼
포근하고 아름다운 이미지이기 때문입니다.

결혼하고 집을 지었습니다. 대방동 산 아래 논 가운데에

집을 지은 우리의 새살림은 무수한 시행착오로
시작되었습니다. 집을 짓기는 했는데 버스를 타려면
30여 분을 걸어가야 하고 집에는 불도, 물도 없었지요.
촛불을 켜고 3년을 살았고 30분을 걸어 물을 길어 와서
밥을 해먹었습니다.

왜 상처가 없었겠어요. 왜 싸움이 없었겠어요. 왜
절망이 없었겠어요. 그런데도 꽃을 심고 아이들의
그네를 달고 거기서 계속 살았습니다. 바로 우리
집이었기 때문입니다. 그 집에 가족이 함께하고 있었기
때문입니다.

그러므로 집은 가족으로 바꿔 불러도 됩니다. 가정이
가족으로부터 형성된다면 집은 가족으로부터 출발하는
것입니다.

나는 늘 집이라는 단어에 아주 감상적입니다. 아이들이
성장해서 귀가 시간이 늦어지기도 하는 겨울날, 바람
심하고 눈발 날리는 악천후가 마음을 불안하게 만들
때, 내 가족이 다 들어와 잠자리에 있는 것을 보면
얼마나 감사하고 평화로운지 모릅니다. 가족이 모두
집에 있다는 그 사실이 그렇게 고맙고 기적 같을 수가
없습니다.

내가 그런 날에도 편히 잠들 수 있는 것은 단 하나, 온
가족이 거리에 있지 않고 무사히 집에 와 있다는 이유

때문입니다. 방마다 문을 열고 아이들이 잠자는 모습을
보면, 남편이 잠자는 모습을 보면, 그 순간 반드시
기도를 하게 됩니다.
주여, 감사합니다….

오늘날은 물질적인 집의 상실보다 가족의 상실로 집을
잃는 사람이 더 많습니다. 자기 집이 없어도 가족이
살아 있다면 우리는 결코 정신적 노숙자가 되지 않을
것입니다. 우리는 모두 가족에게 집이 되어주는 영원한
집인 것입니다.
'너는 나에게 나는 너에게 하나의 의미가 되고
싶다'라고 김춘수 선생님이 말했지요. 나는 너에게,
너는 나에게 집이 되어주는 관계야말로 가족일
것입니다.
집은 여자처럼 가꾸어야 오래간다는 속담이 있습니다.
그것은 사랑해야 오래간다는 말입니다. 관심은
사랑입니다. 아무리 친한 가족에게도 고마워, 감사해,
미안해 하고 자주 말해줘야 하는 것처럼 집에게도 너
아프니? 쉬고 싶니? 배고프니? 하고 자주 물어줘야
우리는 집과 함께 행복의 관계로 나아가게 될 것입니다.
그래요, 한마디로 집은 사랑입니다. 감사합니다.

세상에서 가장 좋은 집, 고희지가

중학교 시절 선생님이 수업 시간에 의식주에 대해
설명하면서 무엇이 가장 으뜸이냐고 물으신 적이
있습니다. 50명이 넘는 학생 중에 내가 가장 먼저 큰
소리로 "집이요" 하고 외쳤습니다. 좌중이 조용하다가
갑자기 웃음을 쏟아냈습니다. 민망했지만 지금도
그 생각은 변함이 없습니다. 물론 음식도 옷도
소중하지만 왜 그런지 늘 가슴속에서는 좋은 집이
그리웠습니다. 음식은 나물만 먹어도 좋고 옷은 저렴한
것으로도 충분히 멋을 부릴 수 있습니다. 그러나
집은 내 능력으로 척척 이루어지는 일이 아니라서
꿈속에서 상상의 세계를 키울 수밖에 없었습니다.
어릴 적 아버지가 지으신 한옥은 좋은 집이었습니다.
그래서일까요. 영화를 보아도 좋은 집이 나오면
내용보다 집에 마음이 빼앗기는 경우가 많았습니다.
결혼 후에도 그 꿈을 이루지는 못했습니다. 늘
불만이었고 꿈은 커져만 갔습니다.

나이란 꿈도 축소시키는 힘을 가지고 있는지 점점 집에
대한 꿈의 평수가 줄어들고 있을 때, 생각지도 않게
꿈을 이루었습니다. 새벽기도마다 한마디씩 후렴으로
넣은 기도가 이루어진 것입니다. 세상에서 가장 좋은
집에서 살게 된 것입니다.

어떤 집일까요? 딸 셋 가족과 함께 사는 집입니다.
딸 셋과 사위 셋, 손주 셋까지 열 명의 가족이 함께
사는 집을 지었습니다. 물론 한 지붕 안의 세 집이긴
하지만요. 이만하면 세상에서 가장 좋은 집이
아닐까요?

사실을 말씀드리면 집은 많이 불편합니다. 평수도 크지
않습니다. 자식이 아니라면 이런 불편을 감수하라고
하겠냐며 얼굴을 붉힐 뻔도 했습니다. 마음에 들지 않는
것이 또 얼마나 많겠어요. 그러나 그런 것을 내세우면
나는 엄마도 아니지요. 가톨릭 신자도 아닙니다. 딸들은
자기 집도 챙기지만 엄마의 불편을 먼저 생각해줍니다.
딸들도 새집에 얼마나 할 말이 많겠어요.

나는 행복합니다. 무엇보다 사위들이 마음을 함께
모아준 것이 고맙습니다. 주차장이나 층계에서
만나면 환하게 웃습니다. 우리는 서로 비밀번호도
모릅니다. 예의를 지킵니다. 지하 패밀리 룸에서 차도
마시고 술도 마시고 환담을 나눕니다. 와도 좋고 안

와도 좋습니다. 자유가 첫째 조건입니다. 난 복이
참 많다고 생각합니다. 벽 너머에 내 딸들의 가족이
있다고 생각하면, 그들이 열심히 산다고 생각하면,
그들이 기도하고 있다고 생각하면, 우리 모두 하느님의
아들딸이라고 생각하면 가슴이 벅찹니다. 이만한 복이
또 어디 있겠어요. 내 시간이 그리 많이 남지 않은 생의
가을에 온 가족이 함께 사는 우리 집이야말로 세상에서
가장 좋은 집이라고 감히 말합니다.

집을 지을 때 딸들에게 말했습니다. "내가 손해 본
만큼 내 언니나 동생에게 이익이 간다고 생각하면
무엇이 아쉽겠는가"라고 성모님이 말씀하신다는 것만
기억하라고요.

우리 집 당호는 고회지가高會止家입니다. 세상에서 가장
좋은 모임은 할머니, 할아버지, 엄마 아빠, 아들딸,
손주들이 함께 있는 것이라는 추사 김정희 선생의 글을
어느 시인이 선물로 주신 것입니다. 부족하고 못난
나에게 주신 이 엄청난 선물에 온몸을 다해 주님께
감사기도 드립니다.

설 악 무 산 스 님 , 어 디 에 계 십 니 까

"스님, 어디에 계십니까?"

2018년 5월이었습니다. 나는 제 존재를 견디며 서
있기조차 어려운 공황 상태에 있었습니다.

나는 그렇습니다. 뭐든 잘 미룹니다. 내일⋯ 나중에⋯
며칠 있다가⋯ 감기가 다 나으면⋯ 따위의 이유에 막혀
덥석 길을 나서지 못했습니다. 높으신 스님에게도
그랬던 것입니다. 편찮으신 것을 잘 알면서도
말입니다. 곧 가야지⋯ 그러다가 덜컥 열반에 드셨다는
소식을 들었습니다. 잘 드는 도끼로 내 발등을 찍고
싶었습니다. 온몸이 아프기 시작했습니다.

무산스님은 나의 스승이었습니다. 내 생에
새로운 활력을 불어넣고 새로운 삶을 살게 해주신
명의사였습니다. 2000년 남편이 숨을 거둔 후 인생
자체에 좌절하고 문학이라는 것도 쓰레기통에 넣고
싶은 즈음에 스님이 나를 부르셨습니다. 「저 거리의
암자」라는 시를 보았다고 하셨습니다.

그러나 "무산스님이 누굽니까?" 하고 가지 않았고
그다음 겨울 다시 부르셨을 때에야 무산스님을 뵐
수 있었습니다. 그때 스님은 남암南庵이라는 법명을
지어주시고 백 명도 넘는 스님들이 있는 자리에서
"너희들 3개월 수행보다 이 시 한 편이 낫다"고 하셔서
나를 놀라게 했습니다. 「저 거리의 암자」는 그렇게 해서
많은 사람들에게 알려졌고 나는 며칠 잠을 이룰 수 없을
정도로 다시 문학 앞에 자세를 고쳐 앉게 되었습니다.
스님은 중도 감각을 가지고 계신 듯 보였습니다.
중도란 두 쪽을 다 보는 것이 아닌가요. 한쪽만 보는
것이 아니라 균형점을 찾아 기울어지지 않게 보는 것이
아닌가요. 중도를 놓치면 갈등과 고통이 오지요. 그렇게
본질과 현상을 꿰뚫는 지혜로 사람들을 사랑하셨기에
모든 사람들이 스님과의 작별에 가슴 아파했습니다.

불이 활활 타고 있는 다비식을 뒤로하고 집으로
돌아왔습니다. 집에 와서 불 꺼진 다비식장과 몇
개의 뼈를 사진으로 받았습니다. 다시 홀로 통곡하며
울었습니다. 그 꼿꼿하시던 모습은 어디로 간 것일까.
저녁을 굶고 울고 또 울었습니다. 사라졌는데 그 존재는
더 커지고 있는 듯했습니다. 그러나 그뿐입니다. 나
같은 존재가 무얼 어떻게 하겠어요. 창을 열고 지나가는

바람 한 가닥 잡고 물었습니다.

"스님, 어디에 계십니까?"

그러나 묵묵부답. 창에 그저 안개가 서리기만 했습니다.
올해는 무산스님 5주기입니다. 타오르는 불꽃을 보고
방금 막 돌아선 듯한데 이렇게나 시간이 흘렀습니다.
다행히 삼조스님이 몸이 부서져라 무산스님의 모든
뒷일을 하고 계십니다. 즐겁게 최선을 다해 일하시는
삼조스님을 뵙고 무산스님이 사람 하나는 참 잘
벌어놓으셨구나 생각했습니다.

위로라면 위로입니다. 스님을 뵙듯 멀리서 고개 숙일
따름입니다.

언젠가 스님께서 스스로를 설악대충雪岳大蟲이라
말씀하셨던 기억이 납니다. 그 시를 보고 나는 눈에도
뜨이지 않는 작은 벌레 같다는 생각을 했습니다.

> 삶의 즐거움을 모르는 놈이 / 죽음의 즐거움을
> 알겠느냐 // 어차피 한 마리 / 기는 벌레가 아니더냐 //
> 이 다음 숲에서 사는 / 새의 먹이로 가야겠다

큰 벌레라고 자처한 분이지만 스님은 큰 자비였다는
것을 압니다. 큰 자비였으므로 스스로 벌레라고 말할
수 있었을 것입니다. 누구나 사후에 그 사람의 본질이

드러나는 법입니다. 스님이 열반에 드시고 여기저기서
아름다운 미담이 흘러나오는 걸 보면 압니다.
만해마을이 있는 용대리 주민들이 영결식이며 제를
지낼 때마다 울먹거리며 서 있는 것을 보고 알았습니다.
스님은 모든 사람의 아버지였는지 모릅니다.
그렇습니다. 벌레가 되어 많은 사람들의 먹이가 되었을
것입니다. 남모르게 보잘것없는 사람들의 주머니를
채워주신 것도, 문단의 여러 작은 부분을 채워주신 것도
누구나 할 수 있는 일은 아니었습니다. 스님은 새의
먹이만이 아니라 사람의 먹이로도 자신을 다 내어주신
분이라고 생각합니다.

2014년 9월 종로구 북촌으로 이사를 했습니다.
부끄러운 말이지만 몸의 살을 찢어내는 대수술을 받고
생각지도 않은 보험금이 나와 그것으로 북촌에 20평의
땅을 샀습니다. 그 땅에 열 평짜리 작은 한옥을 짓고
그야말로 작은 벌레처럼 스며들었던 것입니다.
내 살을 내주고 받은 돈이니 가슴이 찢어지는 돈입니다.
집의 당호를 스님께 부탁드렸는데 그때 스님이 이렇게
물으셨습니다.
"요즘 무슨 생각을 하느냐?"
"과욕過慾에서 과를 빼려고 노력하고 있습니다."

"욕도 빼거라."

단호히 말씀하시던 모습이 지금도 선연합니다.

스님은 공일당空日堂이라는 당호를 지어주셨습니다.

내가 그런 인물은 되지 못하리라는 것을 잘 아시면서도 비움이 곧 채움이며 다시 비우는 것이 배움이라는 것을 가르치셨던 것입니다.

공空이란 아무것도 없이 비우는 일이기도 하지만 좀 더 진지하게 생각하면 비우는 마음으로 희망의 싹을 향하여 찾아가는 것을 말하기도 할 것입니다. 거기에서 반성도 있겠지요.

일일삼성一日三省이라는 말이 있습니다. 그러나 하루 세 번을 반성해도 모자란 사람이 나입니다.

살아서 제대로 찾아뵙지도 못했는데 어찌 그분 영전에서 극락왕생하시라는 인사를 드릴 수 있을까요. 나는 스님 영전에 큰절 올릴 자격도 없는 인간입니다. 남들 따라 뒷전에서 발끝 떨리도록 눈물 흘린다 하여 내 못난 잘못이 덜해질까요. 다만 어딘가에 스님이 계실 터이니 어디서라도 뵙겠지… 집 창문 앞에 줄줄이 타오르는 능소화를 바라보며 자탄을 멈추지 못하고 있습니다. 스님, 감사합니다.

내 안에 울고 있는 아이

사노라면 때로 급격하게 절벽에서 떨어지듯 우울해질
때가 있습니다. 자신감이 바닥을 치거나 나는 아무
쓸모 없는 인간이라는 자학까지 겹치면 그 순간 내
안에서 울고 있는 아이의 존재가 불쑥 커집니다. 분명
나 자신이지만 어색하고 낯선 이 아이는 어린 시절
누군가에게서 받은 상처 때문에 성장하지 못하고
아이로 살고 있는 존재입니다. 누구나 그런 아이가
내면에 살고 있다고 합니다. 그런 우는 아이와는 서로
소통하고 달래고 어루만져야 하지만 보통은 방치하고
분명 있는데 없는 존재로 생각합니다. 그 존재를 모른
척하거나 아예 없는 존재로 덮어버립니다.
나 역시 그 아이는 자라지 않고 화해하지 못한 채
여전히 내 안에서 울고 있습니다. 딸만 내리 일곱을
낳고 나 다음으로 아들을 얻은 어머니는 생명처럼
아들을 머리에 이고 살았습니다. 피해자는 어린 나였고
나는 늘 혼자 울었습니다. 어머니로부터 외면당하는

것을 인생의 실패라고 생각하면서 상처투성이인
어머니를 이해하지 못했습니다.

사회학자이자 심리학자인 마거릿 폴은 『내면아이의
상처 치유하기』에서 내면아이에게 사랑을 베푸는 성인
자아와 부모 역할을 하는 것은 생산적이고 즐거운
인생의 핵심이라면서, 내면아이와의 화해는 타인과의
관계도 호전시킨다고 주장합니다.

결국 불안, 우울, 열등감, 두려움, 외로움, 의심,
치욕감은 내면아이에게 무관심해서 일어난 감정의
씨앗들이라는 것입니다. 등 두들겨주고 어루만지며
사랑할 때, 그 존재를 껴안아줄 때 긍정적 에너지가
분출할 수 있다는 것입니다.

그렇다면 내면어른은 무엇을 말하는 것일까요? 지성과
행동의 주체, 즉 성장한 어른입니다. 내면어른으로서
내면아이를 깨워 서로 대화하는 훈련이 필요합니다.
그 훈련이야말로 다각적 예술의 이해요 치유의 언어로
말하기라고 볼 수 있습니다.

나에게 글을 쓰는 일은 내면아이와의 끝없는 대화로
내면을 들여다보며 상처를 치유하려는 노력일
것입니다. 아니, 누구라도 자신이 좋아하는 일은
내면아이와의 적극적인 대화라고 해야 할 것입니다.
나는 시를 쓸 때 내면아이의 울음소리가 멀어지는

것을 느낍니다. 아마도 그래서 글쓰기가 가장 내게
적합하다고 생각하여 오늘까지 끌고 온 것이 아닐까요.
고통스럽지만 후련한 그 무엇 때문에.

새 벽 이 라 는   시 간

'여명의 푸르른 시간'은 내 시의 오랜 주제입니다.
암울하고 답답하고 어디 숨 쉴 곳 없는 가슴 터지는
젊은 시절을 살아내면서, 나의 극기 방법 중 하나는
겨울 새벽 무조건 산으로 올라가 점점 밝아오는 빛을
바라보는 일이었습니다.
빛이 밝아오는 그 짧은 시간에 주변을 느긋이 메우며
살아 움직이는 여명, 그 푸르름이 너무 좋아서 사람
없는 산으로 올라가 그 새벽 푸르름을 즐겼습니다. 신의
빛깔이라고 할 수 있는 그 엷은 청색은 나에게 희망,
도전, 한 번 더 입술 물고 일어서는 의지의 빛깔이기도
했습니다. 그래서 잠이 모자라 두 다리가 휘청거리고
할 일이 겹겹이 쌓여 난잡한 집안일을 뒤로하고 겨울
새벽 다섯 시면 대문을 밀치고 뒷산을 올랐던 것입니다.
동트기 직전 온 산에 부드럽게 흐르는 청색의 빛을
온몸에 두르고 벌컥벌컥 마셨던 그 시간들을 잊지
못합니다.

243

고통과 슬픔은 딱 두 가지 중 하나입니다. 그 아래 깔려
죽거나, 그것을 극복하고 솟아오르거나. 젊은 날에
사랑도 조국도 아니고 고통에 갈려 내 목숨을 버려야
할까요. 나는 일어섰고 솟아올랐으며 남루한 내 일상과
사귀며 열 손가락이 휘어지는 시간들을 살아냈습니다.
그 푸른 여명의 빛깔로 영양제 링거 한 병씩 맞고
산에서 내려온 셈이지요.
그 푸르른 빛깔은 또 한 번 저녁 시간에 찾아옵니다.
해가 지고 막 어둠이 몰아치기 직전에 푸른 깃발을
흔들며 찾아오는 청색. 그것은 어둠이 모두 어둠은
아니라고, 당신이 겪고 있는 고통은 고통만이 아니라고,
고통과 슬픔 속에도 잘 바라보면 예쁜 빛이 살아 있다고
상징적으로 보여줍니다. 하루의 색채만 잘 읽어도
희망은 넉넉합니다.
산은 치유의 어머니였고 푸르른 청색은 사랑하는
연인이었습니다.
그런 어머니와 연인이 있었기에 어두운 질곡의
인생살이를, 죽음을 피해 살아왔다고 생각합니다.
감사합니다.

무명의 성인들을 위하여

역사 속에는 아무도 기억하지 못하고 누구도 알아주지
않는 성인들이 많습니다. 지난 가톨릭 역사에서 스스로
목숨을 내놓으며 하느님을 증거하고 이슬처럼 사라진
사람들이 얼마나 많았던가요.

성인의 반열에 오르진 못했지만 오직 주님의 이름을
부르며, 묵묵히 그 어떤 고통에서조차 예수님을 깊이
사랑하는 마음으로 생을 끝낸 사람들을 생각합니다.
그 무명의 성인들은 사랑이 무엇인가를 보여준
사람들입니다. 사랑을 완전하게 몸으로 실천한
사람들입니다.

우리는 보통 그러지 않나요. 내 사랑을 상대가
알아주기를 바라는 사람들이 많지 않나요. 대가를
바라는 사랑이지요. 내가 이만큼 사랑하는데 너는 왜
그만큼밖에 사랑하지 않는가. 이것은 내 사랑의 역사요
내 사랑의 줄거리이기도 했습니다. 그래서 사랑에는
진저리 나는 고뇌와 상처가 따랐을 뿐입니다.

오로지 사랑의 응답조차 기대하지 않으며 묵묵히 사랑 그 자체를 바친 무명의 성인들을 나는 지금 가슴 떨며 눈물로 생각해봅니다.

어쩌면, 그래요, 어쩌면 우리도 성인이 될 수 있을지 모릅니다. 깊이 사랑할 수만 있다면, 아무것도 바라지 않고 오직 뜨겁게 사랑할 수만 있다면 우리도 성인이 될 수 있을지 모릅니다.

사랑하려면 우선 용서해야 합니다. 사랑하려면 우선 노력해야 합니다. 용서와 노력이 필요한 덕목입니다. 그 어떤 고통에서조차 사랑 그 자체를 생각하며 오직 한 분인 그분에게 바치는 그런 사랑이야말로 성인을 만들 수 있습니다.

주님은 우리의 이기적인 기도까지 다 들어주시지 않나요. 죽을 때까지 나 자신만을 위해 기도하는 우리를 안아주시지 않나요. 그러니 우리는 주님을 사랑 그 자체로 사랑해야 합니다. 그래야 우리도 성인이 될 수 있습니다.

우리 마음을 훈훈하고 뜨겁게 꽉 채우시는, 사랑을 알게 하시는 그 큰 선물을 우리는 받지 않았나요. 이 세상에 이보다 큰 선물이 있겠는지요. 어떤 미사의 강론에서 말했던 것처럼 우리는 씩씩하고 용감하게 신이 나서 주님을 사랑해야 합니다. 감사합니다.

용 서 를 빕 니 다

내가 알고 있는… 혹은 내가 모르는 부분일지라도,
지금까지 살아오면서 한순간이라도 내가 잘못했다고
생각하신 분이 있다면 죄송합니다.
나 때문에 한순간이라도 마음 상한 분이 있다면 정말
죄송합니다.
내게 얼마만큼의 시간이 허용되어 있는지 몰라 이렇게
용서를 빕니다. 잘못하였습니다. 그리고 감사합니다.

미치고 흐느끼고 견디고

1판 1쇄   2023년 9월 15일
1판 2쇄   2023년 10월 20일

지은이   신달자

펴낸이   임지현
펴낸곳   (주)문학사상
주소   경기도 파주시 회동길 363-8, 201호 (10881)
등록   1973년 3월 21일 제1-137호

전화   031)946-8503
팩스   031)955-9912
홈페이지   www.munsa.co.kr
이메일   munsa@munsa.co.kr

ISBN 978-89-7012-570-1 (03810)